文 學 叢 書 104

流浪報告

一個台灣旅人的法國行腳

阿沐◎著

巴黎

2

落地巴黎的時候是清晨7點，阿沐在出飛機的甬道裡卡住；他不明瞭排隊的人群，前進的速度為何如此緩慢；再次偷瞄身旁法佬的高級手錶，分針已經繞過了半圈，前進竟然不到五步；眾人的神情泰然自若，彷彿這是尋常的事。他有點不耐煩也莫可奈何，只能欣賞周圍的法國妞打趣。好像過了1小時又28分鐘，終於到了機場建築物的入口。幾位警察在盤查每個人的護照；大概是區分三個等級： 1. 白人，持法國護照者快速通過。 2. 非白人及非法國護照者，由一位警察手持放大鏡，仔細檢查護照簽證的真偽；護照無誤者通過。 3. 可疑的黃種人扣押護照，留在原地等待進一步盤查。不幸的，他被列入可疑的黃種人，和一群無辜的臉孔擠在一堆。他分不清他們是中國大陸人還是越南人；他們純樸的氣質很一致，衣著雖然不是很時尚，但大部分都是光鮮的新衣服，身體潔淨沒有臭味；不像他邋裡邋遢，衣服破舊，鬍子不刮，一頭長長的亂髮。實在不明白警察評判可疑的標準是什麼？「可疑的人都有特別的氣味嗎？」心裡嘀咕著，不能向警察發牢騷；他不會法語，英語又極糟，說不清楚的；只能認份地等著警察下一個動作。不知道在這裡又要耗多久，無奈地拿出未讀完的中文書；他忘記這是

違反自己「切斷母語」的規定。

　　阿沐並不認眞看書；有一句沒一句的，只是打發時間的無意義動作。無意中發現一位女警靠向那位放大鏡警察，耳語了幾句，然後四隻眼睛同時望向他；他微微地聳一下肩，又回到書裡的字。沒多久，放大鏡警察竟然拿出護照還他，並且用英語說：「謝謝，歡迎你來法國。」他用法語「謝謝」回應。這一關的嚴格，相對於正式的入關檢證，就顯得粗糙而快速；檢證的官員似乎只是負責蓋章的，輕鬆乾脆，眾人皆爽。

　　走出機場大廳，是清冷灰色的氣候，空氣透著一種奇異的冰涼感；他恍忽地覺得自己身著的衣物，似乎太不入時；趕緊跑進廁所，褲子多套一件，上衣多加兩件；同時心裡抱怨著，是那位朋友告訴他的，「四月的巴黎最好了，不冷不熱。」颼颼的冷風在馬路上颳著，他暗忖這裡離巴黎市中心應該不太近吧？還是坐公車前往；打消了省錢走路的念頭。他對歐元換算台幣的概念還很迷糊，只覺得坐一趟公車到巴黎市中心要價12歐元，好像不便宜；他交出20歐元，女司機說暫時沒得找；後來匆促下車，忘記要回零錢也沒放心上；現在回想起那筆零錢，可以在超市買一天份的食糧。

3

　　匆促下車的原因是，看中巴黎市中心的一幢迷人建築；且周圍的街道、周圍的行人、顏色、風搖曳樹葉的樣子，就像電影的畫面。他下車踏上街道的石磚，腳底浮浮的，缺乏真實感。氣候仍是清冷，過往的路人縮著脖子，雙手躲進大衣的口袋。阿沐大搖大擺咧著嘴牙東張西望；忘記他在台灣比一般人畏寒的體質；忘記這塊土地是坐十幾小時飛機到達的；忘記不會法語英語又極糟；忘記應該先去那繳了2500元的旅館確in；甚至，他把台灣忘一乾二淨了。

　　他的雙腳好像裝了超勁量電池，背著行李走了數小時仍無疲態。走進一處社區公園，看見涼亭內一位華人閉眼打坐，這時他才意識到周圍有兩間中國餐館，心裡臆測這裡是中國城嗎？似乎又不太像。過了幾條街，一棟閒置的廠房改造的藝文空間，門關著；他揣想著是今天休息嗎？還是現在的時間太早？現在是幾點呢？身上沒錶環顧四周又沒有可以顯示時間刻度的器具，連太陽也被厚厚灰雲包裹著。巴黎很多街道是用粗糙的石磚，一塊一塊砌成顛簸的路面；好像刻意要讓人放慢腳步，讓汽車開慢速度；這也許是世界的人們，一直將巴黎等同浪漫的同義字的因素之一吧；他得意著自己的發現。

4

　　行經一家小咖啡店，透明的玻璃牆現出一張老舊的破沙發；它破得是那麼理所當然及安然自在；阿沐感應到破沙發在召喚他，就不客氣地推門入座，點了一杯熱咖啡；像和舊識的老人寒暄一樣，率直地坐著，右手搭著椅肩。他覺得這破沙發是他第一位巴黎朋友。細細地啜著咖啡，想起那本未看完的《靈魂永生》賽斯書；其字數和厚度大約等同《紅樓夢》。本來預期在越南的河內機場，轉機11小時的空檔可以看完，卻還差1/6的頁數。他規定自己在法國不閱讀中文，遂將書偷偷留在沙發旁的小台階，書的封面掛著「送給有緣人」的中文字條；心裡竊竊自喜。

　　他閒適地坐在破舊的老沙發；玻璃牆外的人來人往近在眼前，伸手可及。行人匆忙而忽略他的存在；感覺像看不見他，而他看見；又覺得像瞭望台上看芸芸眾生。他看得入迷；此時太陽撥開灰雲撒下金色的光，輕撫著他的臉龐。他似乎可以將時間暫時凍結，細細地看完感興趣的人物的所有細節，再釋放時間繼續前進。後來他把焦點投注在一位美麗的妙齡女郎身上；她持著手機不停歇地講電話，來回踱步的範圍只有五個碎步；他的頭無須轉動仍可將她保持在視界裡。她的膚色她的輪

廓她不停講話的樣子，隨便想就知道是西班牙裔女人。阿沐喜
歡她長及大腿的厚外套；不規則多彩的粗線編織物，有北美印
地安的情調；搭配粗網褪色的藍牛仔褲，相當自然時尚。她看
見了他怔怔地看著她，又假裝沒看見；他覺得有趣，又繼續欣
賞她講話的各種表情；揣想著電話的另一端應該是她的媽媽；
不急不緩地不停歇。他起身向吧檯再續一杯咖啡，坐回沙發
時，不見女郎的身影。後來發現她已經走進來了，站在吧檯飲
咖啡，電話仍未停。他大嘆一口氣，驚服了這位女郎；如果有
手錶可以計時，她應該整整講了2小時又30分。

5

　　台灣的旅行社幫他訂的旅館在第9區。阿沐不在意那區好或
那區不好，反正只有一夜；重要的是，他需靠這家旅館拿到核
准的簽證。住進去之後才知道這裡是著名的「紅磨坊」。他想走
路去旅館，一邊走一邊逛，只要天黑之前能到，現在在那兒都
無所謂。他警覺到必須有一張巴黎地圖，確定自己所站立的位
置，才不會愈走愈遠。翻開買來的地圖，密密麻麻的看得頭
暈；要找到自己所處的位置，像在搜尋游泳池裡掉落的隱形眼
鏡。發現地鐵的出入口旁有配合觀光的地圖展示板，同時明白
的標示所在位置；他拿手上的地圖仔細比對；突然來了兩位草

莓族的法國女孩，也在身邊湊著看；後來才知道擺明在嬉鬧老
實的觀光客；他冷冷的不知所措，顯出無辜的臉；她們自討沒
趣的離開。搞清楚前進的方向，走著走著又好像迷了路，然後
又花長時間找自己在地圖上的位置；他掉進迷宮似慌亂的走來
折返，走去折回；他在台灣敏銳的方向感，似乎要在這裡重新
建立。發覺不能再看這張地圖了，遂招了一輛計程車，將旅館
的地址交給司機，讓自己喘一口氣。「事情有了具體的目的
性，就變得很麻煩！」心裡怨著。

　　住進旅館的當天晚上，阿沐「切斷母語」的規定又再度破
功；他陸續見了海棠、丁香這兩位台灣女子。在巴黎初期，也
仰仗這兩位朋友的鼎力相助，他才能輕鬆愉快的四處旅行。尤
其丁香的充分信任，讓他大部分的金錢儲存在她的戶頭，並挪
出一張金融卡借他使用；在旅途當中讓他對錢財的問題無憂無
慮。丁香、海棠都是頗具藝術才華的創作者，卻困在巴黎多
年，苦無伸展的舞台；常聽她們抱怨巴黎怎麼怎麼了，他不客
氣地問「巴黎生活這麼辛苦，為什麼還留在巴黎？」兩位女子
都沒有正面回答；後來才理解都是為了愛情。

6

　　在旅館吃完早餐，他多幹了兩顆小麵包、一粒蛋，置入背

包裡；收拾了行李再度前往他極愛的「瑪黑」一帶晃盪。這一區是巴黎古蹟最密集的地方，卻包容法國當代最前衛的人、事、物；彌漫著古典而自由的氣息；這情況就像一位年邁的老頭，一身龐克的打扮，漫步在街頭舞電音；這不容易，但瑪黑做到了。在這裡似乎什麼事情都可以發生，只要有奇想，就有人欣賞；難怪巴黎的夜行性動物、同性戀、脫軌的異客都喜歡聚集在這一區活動。夜幕低垂，他離開瑪黑，漸漸往塞納河的右岸，走向左岸。在巴黎聖母院的廣場瞥見一大群人聚集；有人耍火舞、有人打鼓、有看熱鬧的、有約會的情侶、也有街頭賣藝的歌手。在台灣他即喜好火舞打鼓的場合，自然就靠向這圈人。他期待他們是不是能激起他舞蹈的細胞，在這麼天冷的氣候，活動活動筋骨是相當好的；他耐心等候著。耍火舞的年輕人很拚勁，不斷地嘗試新的變化；其中一位男孩極為靈活精彩。反觀打鼓的人稀稀落落的，缺乏熱情。中途，三位醉酒的義大利男人闖進來，向少年討鼓來玩；氣氛很快就火熱起來。其中一位打鼓還兼哼暢快的小調，因酒醉，歌聲顯得很放浪；第三位的中年男子不禁地跳起舞來，煽得圍觀的群眾身體也不自覺地動起來；也煽熱了阿沐的靈魂，卻受制於仍矜持的身體；也許在陌生的異國，他的心還有一絲顧忌？

　　酒醉的義大利人離開後，這個廣場迅速冷下來。阿沐信步

往別的地方走，走不曾走過的地方；不知不覺走進另一區；所有的房子都躺在斜坡上。走上陡坡經過很多旅館；他仍沒有睡意，也不想花大把的錢睡旅館；他想繼續走著，看會不會發生什麼事，或認識什麼人；然而並沒有。他的腳踝開始痛起來，索性走進中國餐館吃點熱食，順便坐著休息；吃著吃著不禁和老闆娘聊起來。在異國碰見稀有的同族人，說著共通的語言，總覺得特別親切；話題不外乎那裡來的？做什麼？還習慣嗎？簡簡單單的就像這碗湯麵，給身體滿滿的溫暖。他本想問是否可以在店裡借宿一晚；遲疑一陣子，還是沒開口。發現老闆準備打烊了，就不好意思多待，親切地告別帶著暖意，返回冷颼颼的夜幕。

<h1 style="text-align:center">7</h1>

他覺得不能再晃盪下去，必須找一個地方過夜；選擇了一處僻靜的死巷的角落，旁邊像是官方某行政系統的房屋。由於誤判巴黎的氣候，攜帶禦寒的衣物僅是一件單薄的風衣；還好臨走前白蘭送他一條圍巾。所以，要捱過寒冷的夜晚，背包的衣物勢必全部掏出來裹在身上。他將一件牛仔褲鋪在地面，讓自己蹲坐其上，再多套一件長褲兩件短袖的T恤，及兩件套頭的長袖衫，最外圍再回補風衣，頭及頸部用圍巾包住，最後一

件長袖襯衫蓋住腿部及腳踝。這樣大費周章的禦寒措施，撐不到一小時，還是耐不住寒凍；覺得應該找另一處可擋寒風的遮蔽物。最後看中了公共電話亭；同樣的禦寒措施再重覆一遍，雖然寒意仍在，但比之前好多了；總算捱過了寒夜。天色微亮，他被掃馬路的清潔工吵醒；因為電話亭無伸腿翻轉的空間，全身關節極不舒服；遂收拾衣物起身走出去。因一身的疲累未除，想再找地方休息；念頭剛起，看見地鐵的入口捲門開啓，就被吸了進去。恍恍惚惚走進空無一人的車廂，坐下即睡著。中途醒來數次，以惺忪的眼看對坐的人幾秒，又繼續昏睡；每次醒來看到人物所構成的畫面，都很不一樣；像幻燈片一般；咔嚓擠滿站立的學生族，咔嚓馬上換另一組群像，再咔嚓僅剩一位老婦人空洞的眼神。睡足了，慢慢恢復清楚的意識，才覺知車窗外的景色是巴黎郊外。

他不清楚自己睡了多久？這裡離巴黎多遠？會不會跑到南部的省區？怎麼會坐上離城的火車呢？其實，當時他並沒想那麼多。他安靜愜意的欣賞窗外的風景；巴黎的城裡或城外，對他而言都是新鮮奇妙的；他細細地品酌著。郊外的房屋顯得稀疏零散，沿線大部分都是森林。忽然看到有河流的小鎮，令他精神振奮起來，決定在這裡下車。他思忖著「上善若水」，住在這小鎮的人應該是和善的。

8

天氣仍是清冷；他走進咖啡店點了熱咖啡和麵包，坐在靠窗的位置。看窗外的人來人往，好像已經變成他在法國的一項娛樂。想起自己喜歡「異質」的僻好，愈異質愈令他著迷；有些人單獨處於絕然陌生的異地會恐懼或焦慮，而他卻是興奮。這是天生的體質，並非後天環境的養成。他第一次來歐洲，第一次到法國，第一次體驗全面性的異質；這衝擊必然是巨大的，而他是裸著身、張開雙臂、微笑著迎接這個衝擊。這時候應該是上班族趕上班的時間，店裡的客人流動的節奏很快，很多是純粹喝杯熱咖啡就走人；而他這樣的人物，這樣靜緩的動作，反差了異質性；在店裡，他成了眾所矚目的焦點；然而他並不在意。他們看他，他看他們，兩者在同一水平位置，兩者對彼此都是異質的。

離了上班尖峰時間，店裡的生意變得和外面的天氣一樣冷清；他趁機借廁所刷牙洗臉整儀容。終於，他的精神體力恢復了正常；順勢進入這個小鎮四處逛逛。眾夥似乎都離鎮上班上學了，街道上空無一人，只有經過雜貨店時，老闆好奇地探個頭。他挨家挨戶地欣賞每一幢房子。相對於巴黎制式化的公寓民宅，這裡簡直是花樣百出；如果制式化的公寓建築是工廠量

產的罐頭，那麼這裡每一幢房子都是私藏的獨門醬菜。雖然建築結構會有主流而傳統的樣版，但在結構內每一位房子的主人，充分表現個人的美感訴求。基本上他們都喜好自然的手法，諸如：粗粒質、凹凸不平、不規則排列、非筆直線條、樸質色調等等；從建材的選擇、質感的處理、空間動線的規劃、植物與人與建築物的關係，在這樣的元素中，屋主極盡所能地發揮他個人的想像力和變化。一幢房子就是一個家庭的標記，同時顯現一個家庭的美感品味。因為街上無人，屋內也似乎沒人，他就肆無忌憚地細細品究。覺得這比觀賞美術館那些裱了框的畫作，或博物館裡罩著玻璃的珍品還要愉悅；它平實而沒有距離，它的美不是躺在棺材裡，或奉在神案上供人膜拜；是與天地共存與人共生息；是意態安詳地每日每夜為屋裡的人，承擔日曬風吹雨打；日常地連繫人的感情和成長記憶。

　　回到巴黎後，阿沐興致勃勃地向海棠、丁香形容這小鎮多麼美多麼美；她們亮著眼睛問小鎮的名字？他窘了一會兒，尷尬地說「坐火車大約一個半小時，名字沒記起來」；她們無奈地嘆口氣。接著他好奇地問，這一趟郊外之旅，坐車怎麼都不用錢？她們替他捏把冷汗「被捉到你就慘了！」原來鄉下的火車，是人性化的管理。當時，他確實沒看到售票地點，也沒看見收票的人員；迷迷糊糊地進了月台，上了火車；回到巴黎還

暗爽著「眞是賺到了！」

9

　　海棠說巴黎有幢廢棄的廠房，被一群藝術家佔領著；有位念美術的台灣留學生曾在那裡辦過展覽。這訊息讓他馬上聯想起台北「華山藝文特區」；他興奮地吆喝前去。這個廠房隱蔽在「畢卡索館」附近的巷子，海棠、丁香曾去過一次，但時間久遠記憶已模糊，循著地圖繞了一陣子才找到。這幢平凡而簡約的舊建築，樓高三層，被兩座老公寓夾在凹陷不深的巷底；匆匆走過不會留意有這一幢房子，既使看到也不會駐留在腦海裡。遍佈典雅的建築群中，這一幢房子像是這一區域的私生子。巨大的雙門已傾壞一邊，門前停著一輛像是退隱江湖的箱型貨車，渾身被噴漆塗鴉，有一種「虎落平陽」的哀怨。入口的廊道陰暗狹窄，牆邊堆了一些垃圾，兩三隻蒼蠅不厭其煩地四處找食物。由於挑高的大門夜不閉戶，通風良好，尚不致聞到臭味。廊道旁兩扇大鐵門緊閉著，不清楚裡面的狀況。海棠、丁香直上2樓，他緊隨在後。

　　2樓是奇異的風景。映入眼簾的是一大片噴漆塗鴉牆，分成四塊風格迥異的圖案；其他的牆面也有零散的小型塗鴉，較隨興而詼諧。抬頭是挑高4米的玻璃屋頂，陽光直透進來溫度不易

散去；在裡面很容易感受什麼叫「溫室效應」。大約100坪空盪盪的大廳，講話會有迴音；大廳的兩邊延伸了多處各自獨立的工作室；一半是開放性的空間，另一半用木板隔成5個房間。未完成的畫作、裝置物、畫具、顏料散落各處；目前看起來大約有5位創作者曾在這裡活動。逛了一陣子沒什麼動靜，阿沐思忖「難道這裡的藝術家已經撤離？」他和她們意興闌珊步下樓，碰見一位男生，海棠和男生聊起來；他聽不懂法語在旁邊佇著。中途又來了一位女生像是男生久逢的朋友，他們興奮地親彼此的臉頰後，又繼續和海棠說話。他沒事直盯著女生，覺得她像台灣某位好友；女生靦腆地向他微笑。海棠說這位男生就住在裡面，並說歡迎到這空間演出；可能海棠表明了自己小劇場導演的身份。

10

丁香不忍阿沐再挨寒受凍，將閒置的睡袋以很便宜的價格賣給他。當晚，他背著行李獨自前往那個廢棄的廠房。天色已暗，廠房內無任何照明，他身上連一個打火機都沒，只能摸黑闖入。還好他一向對黑暗的適應力很好，以前還曾不靠照明設備，越過一座漆黑的山頭。他小心翼翼地爬上2樓，發現門已鎖住；再上3樓，門依然關著。他想「就睡在樓梯轉角」；這裡比

公共電話亭好太多了，而且樓梯是用原木做的，躺起來應該不錯；已經有睡袋亦不必擔心寒冷。放下背包準備鋪睡袋時，忽然聽到上樓梯的腳步聲；他安靜地等著上樓的人，並驚訝這傢伙和他一樣能摸黑前進。上來的是一位年輕的白人，很禮貌的向他道晚安；他心虛地問「是否可以睡這裡？」白人說等一下即掏出手機撥電話，講了幾句，3樓的門突然開啟；他嚇了一跳「裡面竟然還有人！」白人和開門的人說了幾句，客氣地請他再等一下；他們好像進去找其他人商量。一會兒，同時出現5個人，其中一位是白天見到的那位男生。男生主動和他握手道晚安，阿沐簡單地自我介紹並再次說明來意；男生馬上帶他下2樓，取鑰匙開門。經過玻璃溫室的大廳，引他去一間小房間；男生問阿沐這裡好嗎？他喜悅地說非常好。男生引薦一位中年男子讓他認識，中年男子親切地帶他去看廁所的位置。他套入睡袋，心滿意足地躺在房間裡；相較於昨夜在公共電話亭內，這裡仿若天堂一般。

　　他被廁所沖水馬桶的聲音吵醒，懶懶的不想起床，緩緩翻轉著身體，環視他睡的房間。大約5坪大，天花板矮矮的，漆白的水泥牆，淺米黃的粗織地毯；裡側還有兩個房間，門關著。這個空間他和海棠、丁香來逛的時候並沒有發現。這裡像密室，不稍加注意，它好像不存在一般。大廳裡僅是一個人在活

動，其迴響聲傳到他的耳朵竟是那麼巨大；這種巨大聲響是空
空洞洞的，單薄而不刺耳；感覺像在學校空空的大禮堂，而他
就睡在舞台上，某個人在遠處的觀眾席咚咚地響著。

11

那麼，阿沐確知了一件事：這幢房子沒有電，但還有水；
這讓他想起以前在台北閉關，住屋的狀態。法國夏天的日照時
間很長，大約晚上11點才天黑；即使天黑，天上的星光和月光
會從大廳的屋頂玻璃透進來，所以，雖然沒有電但生活上也還
算便利。他起身去廁所盥洗；狹窄的廁所就一個坐式馬桶和洗
手台；它的髒是嚇人的，像5年間不曾清洗；但還不至於讓人噁
心，沖水馬桶的機能正常，沒有存留不想看到的東西；除了射
不準的男士留下的尿騷味。他盥洗完畢，經過大廳遇見昨晚的
中年男子，和一位陌生的女士；短暫的寒暄後，男子說他是俄
羅斯人，旁邊的女士是他老婆，都是玩視覺的，經朋友的介紹
住進來，並問他想在這裡住多久？他茫然地說：「不知道，也
許兩個星期吧。」由於他的英語能力太淺，俄羅斯先生無法和
他繼續深聊，客氣一句「歡迎你來」，夫婦倆返回房間裡。

在台灣，阿沐的英語幾乎說不出口，也聽不進去；這可能
是他想浪跡天涯，卻停滯不前的重要原因。很多年前他也曾像

大部分的人，想努力把英語學好；但過程太挫敗了，英文這個語言不管如何用心，似乎永遠不會儲存在他的腦細胞。學不好英語這個深刻的經驗，變成他的心理障礙；像不會癒合的傷口。後來他就完全不理會這在台灣社會的主流價值，的重要指標；不會英語，對生活也沒什麼影響啊！在台北混日子難免會認識一些外國朋友，所幸他們的中文能力都不錯；碰到中文不行的，他的身邊不乏英文極溜的好友可以翻譯。後來發覺周遭的朋友當中，像他這樣不會英文的人，卻是極為稀有；他也就更樂於仰賴他們極溜的英語。奇妙的是在法國，別人發現他不會法語，自然就用英語跟他說；他為了理解對方的意思，也就硬著頭皮去聽；竟然也聽懂了一些，也能說一點點；加上比手劃腳，加上豐富的表情，基本的溝通也就勉強的蒙混過去。其他的部分就靠心電感應了。

　　大廳空間的迴音效果，讓他想在這裡玩玩「竹片口簧」。這支菲律賓的竹片口簧，是台灣一位劇場界的朋友送的；她送得很隨意「嗯，拿去吧」，對他而言卻如獲至寶。竹片口簧的正面有美麗的刻紋，手工細緻而優雅。手執口簧靠緊嘴唇，另一手以食指彈撥，簧片在口腔內產生共鳴聲；口腔的伸縮或舌頭的捲動或喉音的變化，可產生十餘種音調，及二種音域的變化；加上彈撥的節奏，即可產生奇妙的音樂。它的構造是如此的簡

單及輕薄短小，而它的音域及產生的音樂是如此特殊，便成了
他在法國便於隨身攜帶的樂器，與法國友人拉近距離的法寶。
他閉著雙眼，陶醉地在大廳內彈撥。因這空間能自然地將聲響
擴大，且迴音的效果讓音域變得幽微飄渺；這時他的耳朵接收
到二軌聲音，一是口腔發出來，另一是空間反射過來的；他第
一次感受口簧有這麼突出的表現，因此更刺激他源源不斷的靈
感，一直創造創造；像著魔般，樂音快速的奔馳。後來的喉音
變化，讓他不自覺地吐出聲音，而產生兩種音域及兩條旋律交
織一起；不是主弦、和弦的關係，像兩種樂器在交流對話；奇
妙的是，它出自一支簡單的小竹片。

12

　　他在附近的超市買了二條棍子麵包及檸檬魚罐頭，解決早
餐及午餐；這樣的吃法比台灣還省。在巴黎吃別人端盤子給的
餐，大約是台北的三倍價格；一盤80元的簡餐或麵食，在巴黎
折算台幣要240元。他暗忖不能這樣花錢，來這一趟法國，他的
預算只有十萬元，扣掉便宜的機票費僅剩7萬多，這些錢，他想
最短也要度三個月。他是可以靠街頭賣藝營生，但短時間他還
不想過這樣的生活。

　　吃完早餐，坐在大廳的長木板凳，靠在椅背像軟骨動物般

攤著，曬太陽。他感染了法國人喜歡曬太陽的習性。搞不清楚
法國太陽的特別在那裡，曬起來確實很舒服；不僅是因為氣溫
低冷而中和了太陽的灼烈，好像與空氣恰當的濕度有關；不易
流汗又不致乾燥得令人不舒服。聽到俄羅斯夫婦喃喃的聲音，
他輕輕地一瞥，他們蹲在斜對面的角落，看著地面上的畫作；
像是在討論表現的問題；偶爾持起噴漆噗ㄔ噗ㄔ地東補一點，
西加一點。俄羅斯夫人的聲音嬌甜而富旋律性，先生低啞溫和
帶一點磁性；兩位都挺適合在廣播電台當主持人。他舒適地享
受恬靜的早晨時光；身旁忽然冒出6、7位年輕人，他驚慌地從

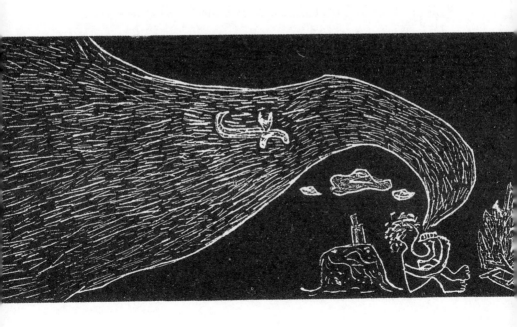

椅凳上跳起來；其中兩位昨晚隱約見過；一位個子瘦小的男生
主動握手「日安，還好嗎？」他回「還好！」然後男生介紹自
己的名字，他也說了自己的名字；男生繼續引薦其他人，他一
一與他們握手互道「日安」；然後，像突來一陣風，把他們全
部吹走。他驚魂未定的坐下來，發呆了一下，決定出門走走。

13

　　這個廠房應該是屬瑪黑區的範圍；沿途經過很多小畫廊及
畢卡索館，走路十分鐘即可到瑪黑最熱鬧的地方。這件事情有
點奇妙，阿沐很喜歡瑪黑也希望有機會住在瑪黑，他就真的在
瑪黑；而且住宿不用花一毛錢。他似乎太輕易得到「心想事成」
這種在中學時代寫賀卡給好友的祝福。繞經畢卡索館的正門往
後走，一座小公園很多人躺在草坪上曬太陽，他不禁地被吸了
進去；可能是裡面有幾位性感美女。他選了一塊空地，脫掉鞋
子，將身上的風衣鋪在草地上坐下來，閉上雙眼，上半身往後
傾，臨受太陽的溫暖；偶爾睜眼欣賞前方的美女。美女的設備
齊全，似乎專程來享受的；花布鋪巾、飲料食物、及手上的一
本書。她半臥躺著看書，一邊享用餐點；一會兒，脫掉多餘的
外套，僅剩單薄而性感的緊身細肩上衣。她是美麗的花朵；沒
多久，就真的引來一位帥哥來採蜜；他們悠閒的聊天，帥哥很

有技巧地把美女逗笑了。很典型的，就像我們看的好萊塢電影。

　　右前側來了一位女孩，面容姣好，瘦瘦乾乾的；穿著與她的年紀及氣質不相仿的時裝，像是為工作而穿的。她率性地席地而坐，攤開紙袋裡的三明治及生菜沙拉，大口大口的吞咬；尖削的臉龐鼓滾著，像含著兩粒乒乓球。看著女孩這樣狼吞食物，也激起他的食慾，遂從破舊的布袋裡取出棍子麵包及檸檬魚罐頭；將棍子折一小段剝開，挖一些檸檬魚置入其中，像三明治一樣夾起來，簡單而美味。

14

　　繼續東晃西晃地在瑪黑遊盪，動不動就踢到古蹟；他度思著，「如果尿急憋不住，隨地小個便，都可能會不小心褻瀆了巴黎古人！」不經意地，走到一座像化學工業建築的「龐畢度藝術中心」。這裡一向都是熱鬧的，巴黎觀光客的朝聖地之一，不難如此。裡面的展覽票價，實在貴得讓他掏不出錢來，但阿沐還是常到這裡；幾個因素：1.廣場聚集很多街頭藝人，偶爾會有比較奇特的人物出現；他像果農一般來巡巡是否有特別新鮮好看的果子。2.龐畢度裡面，還是會有一兩檔小型的免費展覽，及琳瑯滿目關於藝術各領域的圖書商店。3.有高級的免費

廁所；那些滿街的投幣付費廁所，聲名狼藉；而廠房裡的馬桶，小便還可以，大便？他實在坐不下去。

龐畢度的大廳，佇立一棵高聳的巨木，表皮被扒得光潔溜溜，但仍保持樹幹的原貌及肌理紋路；於離地一米六的高度，精密地鑿開50公分四方的凹洞，洞穿整棵樹幹，洞內心臟的位置，雕了一株小樹苗。他若有所思地凝視一會兒，走進廁所大便；大便出來又再看一下，即轉身走進藝術書店逛。他不清楚自己的感覺是什麼，似乎和這棵令人敬畏的巨木，有一些神祕的感應；但他的大腦無法解讀這訊息。他慵懶緩緩在書叢裡走動，看看書的封面，也瞄瞄裡面逛書的人；像夢遊般恍惚起來；覺得他與散落各處的人們，以一種同步的節奏在旋動著；每一個人，是五線譜上的某一音符，使命性地共同進行一篇樂章。他停在一本厚重的攝影專輯面前，似乎才回了神。

15

他走入戶外廣場。一座金色巨大的圓錐物前面，一對老人彈奏著怡人的樂曲；乾瘦的老男人表情靦腆地拉著小提琴；彈拉手風琴的矮胖婦人，就顯得自然又開朗，微笑常掛嘴邊；他們的氣質和音樂像從東歐來的；阿沐匆匆一瞥，覺得很可愛，但沒有停下來，繼續往外走。為數可觀的肖像畫匠，散佈廣場

各據點，像一隻隻飢餓的獸；雙眼不停歇地伺機環顧廣場走動的遊客；望見可能的獵物時，便上前撲殺；命中率看來只有1/4。一位紋風不動的藝人，終於有了客人；幾位小朋友仰頭嘻嘻哈哈的，東指西指他怪里怪氣的模樣；臉戴著雪白面具，頭掛著連身布巾長及地面，伸出懸空的雙手，身高300公分（布巾內應該藏著一把椅子）。他覺得這是一件很辛苦的工作，需要非凡的毅力和體力支持；站立在一把小椅子上，雙手懸空數小時，紋風不動；除非有觀光客願意投錢，他才做短暫的機械動作表演。他思忖著，也許這位藝人在修行。

他離開戶外廣場，想慢慢走回廠房；突然聽到耳熟的民族音樂，卻一時想不起是什麼，沿著音樂的來源走去，看見一群人，心裡驚呼「巴西功夫」。這音樂是一位舞蹈界的好友介紹他認識；朋友曾在巴西浪跡一年多；她說這是巴西人團聚練功夫的音樂。阿沐默默地跟在這群巴西人的後頭，像是遊行隊伍的成員之一。他們服裝特異，幾位赤裸上半身，露出塊狀的肌肉；十人當中有六人手持著樂器，邊走邊敲奏邊吟唱；一位代表人四處接洽，尋求一展才藝的場地。終於有一家咖啡店願意；坐在戶外喝咖啡的客人，以鮮奇的眼光期待著。很快地聚集了一堆路過圍觀的民眾；咖啡店服務生抱怨著圍觀的人，擋住他客人的視線；一位巴西人配合著維持秩序。巴西的音樂，

用三種特殊的打擊樂，配合集體人聲的吟唱，及一種像台灣二胡的弦樂以弓敲擊琴弦；中慢板輕鬆的調子，二條簡短的旋律，不斷地交互循環。耍武功並不搭配音樂的節奏，音樂的作用在消彌暴戾之氣。耍武功者與奏音樂者，輪流交替著，每一位表演者都文武雙全。巴西的武功通常是兩位對峙，以極近的距離與對者相互快速旋踢、空翻或地板的高難度動作，而不碰觸到對方的身體；一種隔空的出招和接招，以超群的武藝讓對者臣服。圍觀的人愈來愈多，他想也夠了，就鑽出了人群。

16

又遇見這位老兄；穿著短褲，赤膊赤腳，長髮長鬚，身體髒髒的走在人潮熙攘的馬路上；路上的人會當他是一般流浪漢；但阿沐看他不卑不亢，步伐穩健，眼睛炯炯有神；覺得非等閒之輩。天黑了，覺得應該回廠房休息。途經瑪黑熱鬧的區域；發覺這裡的白天與晚上，完全是不同的人馬在活動；氣息、節奏及人的感覺是絕然的異樣；如果要粗糙的區分，應該是白天主要為外來的觀光客，晚上大部分是本地的巴黎人；其中為數不少是同性戀者。因此，每當入夜經過此地，如果有男士莫名地向他投注友善的眼光時，他不免微微緊張起來。阿沐有不少女性的特質，有不少同性戀好友，又常獨身在外，不明

瞭的朋友總覺得他有同性戀的嫌疑;雖不急切否認,但他確知他不是;這是天生的,就像很多同性戀者也是天生的。這讓他想起以前讀某本科普書籍的一項理論:「自然界中,當族群的數量膨脹到威脅該族群的生存空間時,族群內部自動會發展減量繁殖的機制。」同性戀群的擴張、避孕措施的普及、不生小孩的頂客族、不孕症的攀升、自相殺戮的戰爭等等,其背後的社會因素看似錯綜複雜,卻指向同一根源。這是人類的集體潛意識在運作;環境的使然,勢不可擋。

17

回到廠房的2樓,阿沐發覺門被鎖起來;敲門數次沒有回應,又忘記俄羅斯先生的名字,只能喊「先生!」敲一次門,「先生!」敲一次門;還是沒有回應。他心想「慘了,今晚沒得睡了」。靈機一動,上3樓看看:發現門邊有一具無線電鈴,他試著按一下,果然有人來開門;是第一天見到的那位男生;他道「晚安」,男生問候「還好嗎?」他說「還不錯!」就進去裡面。像劉姥姥遊大觀園一般,他以鮮奇的眼光,看著各個角落。男生引他去一個房間;如一般大學生的房間該有的樣子,彈簧床墊、書桌、電腦、音響、各類的書籍及個人興趣的小玩意。男生正在聆賞電子音樂,他坐在地毯上愉悅地聽著,身體

不禁隨著節奏微微動起來。男生笑著扭動幾下肢體，順手拿一本攝影集給他；他著迷地看著；是相當詩性的作品，全部是夜晚的場景；巴黎一些尋常的角落，及模糊不清的臉孔；以不規則不穩定的持鏡方式拍攝，顏色的深邃幻化非常迷人，可以清楚聞到作者不落俗套的氣味。男生沒想到他會看那麼入迷，不好意思地示意要出門。阿沐再次問他的名字，男生回答「Argenté」。

Argenté帶他經過黑暗的走道至另一個房間，門一打開他嚇一跳，竟窩藏一票人在裡面。他一一和眾夥行法國禮節，男的握手，女的親臉頰。他們大概分成四組各自聊天，一直聊一直聊；節奏強烈音色炫麗的電子音樂，似乎無法切斷他們藤蔓般的語言。他的安靜不語彷彿是DJ的唯一聽眾。DJ是一位英挺的黑人，雙手快速俐落地操控混音器，不停即興變化聲音的可能性。坐在DJ旁邊的女生，程序有秩地捲著大麻菸，仍不停聊天。她像DJ的女友，茶棕色皮膚，像洋娃娃甜美的臉孔，體態豐滿而篤定自在。他慢慢地將聽覺的焦點切分為二：一邊聽音樂，一邊聽身邊講話的聲音。他聽不懂法語仍仔細聆聽著，從語調、節奏、表情，他似乎也聽懂了一些；談話的聲音，抽離了語言的意義，依然透露了訊息，他即從這訊息裡解讀並想像，仍可得到一番樂趣。

18

他借一支小手電筒上完廁所後，趁機四處溜達；從狹隘的走道，經過Party的房間及其他房間，來到一間像客廳的地方。一套藤製沙發組，幾座精美的非洲木雕藝品，牆壁至腰的高度環繞著隱蔽式的置物櫃；其舒適高尚，宛如中產階級的家庭客廳。繼續往前走，又有一間廁所，看見一台發電機在裡面隆隆的響著，恍然明白房間的小燈泡及音響設備的電，從何而來。上了數階木製的梯子，經過2個關門的房間，下了階梯又是一間大客廳；挑高6米的天花板，約20坪寬敞面積，一盆木科的植物因乏人照顧而枯萎，兩座樣式不同的長沙發擺在角落，其餘皆空盪盪的。後面還有路可以前進，但他擔心會不小心誤闖別人的隱私空間，就返回Party的場合。從廠房門面的外觀，很難想像裡面的偌大空間。它的建築結構很奇怪，好像是分階段在不同年代擴建廠區；新建築與舊建築以迂迴的動線，連結互通。從遺留下來的少許器具設備判斷，以前應該是成衣工廠；一二樓像生產區，而三樓的高級舒適，必然是辦公區。從衛浴設備的新穎質感判斷，這個廠房廢棄的時間應該不會超過5年。

19

　　深及半夜，竟然又來了三位新朋友。兩男一女；女子的明媚亮麗外型像電影明星；兩位男子很普通，印象已模糊。美女靠在DJ這圈子，拿出一瓶紅酒與大眾分享。兩支捲好的大麻，大夥輪流抽著。阿沐對大麻沒什麼感覺，但輪到手上時也跟著抽幾口；他比較熱衷紅酒，就多喝了一些。這紅酒吞入後，在喉頭的位置會餘留一股特殊的香味；不像紅葡萄酒該有的味道，比較像女人的香水；他懷疑這味道是從那位美女身上傳過來的。到後來他就更專注他們聊天的語言；誰發言他的眼睛就轉向誰的臉；有時他們接續的速度很快，三四個人輪番地跑來跑去，他的眼睛就顯得有點忙碌了。

　　慢慢地，他發覺房間裡的人愈來愈少；他們怎麼離開的？什麼時候離開？阿沐完全沒有印象；像在空氣中，不知不覺地蒸發掉了。僅剩他和DJ和像洋娃娃般的女孩三個人。他喜歡這時候的感覺，燈光昏黃，抽著大麻，安安靜靜地只有音樂。人走掉，多出很大的空地，他興起想跳舞。阿沐覺得DJ為大家服務這麼久了，應該有人為他的音樂跳一支舞；算是一種致敬吧。地板是木板層貼上深藍色的膠膜，以弧形連上一片牆至天花板邊線，產生流線感的視覺。他先在空地上繞圈子，同時活

動頸部及肩膀關節；慢慢地關節的活動配合著音樂的節奏；身
體熱起來之後，開始嘗試變化。DJ玩的音樂，混雜了很多層節
奏；一開始他選擇最明顯強烈的那一層舞蹈。一陣子之後，他
感應到某一層比較幽微，節奏慢的調子；身體馬上切換到這一
個節奏；然後，以不規則的間隔交替來回兩個節奏。DJ興奮起
來，加了一些大膽的技巧；某成分有過招的意味；他當仁不讓
地迅速接招。這樣一來一往，一來一往，玩得興高采烈。後來
有人加入了現場打鼓；這讓他的情緒更為亢奮，身體就放肆地
張牙舞爪起來。

20

　　可能是發電機出了狀況，產生電壓不穩，燈泡明明滅滅多
次，音響系統被迫中斷。大夥也確實累了，鳥獸散，各自回床
睡覺。2樓的門鎖著，阿沐無法回自己的房間；忽然想起上廁所
溜達的時候，大客廳裡有兩條長沙發頗適合安眠。他摸黑前
往；大客廳的採光很好，透過窗戶的星光，可以在裡面活動自
如。發現其中一條沙發覆著厚毯，可以拿來當蓋被；掀開毯子
看見沙發破一個大洞，意會了毯子的功能，亦造福了他今晚不
會挨寒受凍。毯子很大一件，覆著沙發全身；他的身體穿入平
躺於毯子與沙發之間，在光線不明的情況下，他彷彿也融成沙

發的一部分。果然麻煩出現在半夢半醒之間；他的身體被那些抽大麻興奮過度的人們，當沙發椅坐。他們情緒有點瘋狂，阿沐不想招惹更大的麻煩，就假裝自己是安靜的沙發。所幸很快地，他們嘻嘻哈哈地又跑到別處，讓他一眠到天亮。

醒來時，太陽高照當頭，但整個屋子似乎還在熟睡。他不忍驚動，輕手輕腳地溜回2樓。遇見俄羅斯先生，阿沐告訴他昨晚無法入門的窘境；俄羅斯先生領他走一條暗道，可以從2樓的後門出入；後門的鎖只需一把一字起子，即可打開；起子藏在隱密的角落。他感謝俄羅斯先生透露這一條暗道；以後可以不必麻煩大家，亦可自由進出。盥洗好後，他心情愉快地匆匆溜出去找食物填肚子。

21

外面的氣溫仍偏低，但陽光普照；「又是曬太陽的好日子。」買了一堆食物，覺得找個安靜的公園，一邊享用一邊曬太陽會很幸福；他想去畢卡索館的後院。走在巷弄的中途，發現一處被四棟公寓建築圍住，繁花盛開，隱蔽幽靜的公園。這裡人跡稀至，像城市裡的祕密花園。他選了更隱密的角落坐著，攤開豐盛的早餐：棍子麵包、檸檬魚、草莓、陽光；首先他仰頭閉目享受陽光。一陣子之後，他感應到旁邊有人；不自

覺地轉頭輕輕望去，看見一位女郎，帶著墨鏡穿著性感單薄的細肩帶上衣，怔怔地看著他。由於陽光太舒服，他又輕輕地回轉，面迎太陽。好像阿沐的態度很沒禮貌，她馬上起身離去；他望著空掉的座椅一會兒，又繼續享受豐盛的早餐。意外地，不到10分鐘她再臨那張座椅。看來她是住在旁邊某一棟公寓。這時她沒有怔怔望他，單薄的上衣多披一件外套；他暗忖「這才對嘛，氣溫這麼低寒，僅一件單薄上衣，即使性感也矯情了些。」阿沐不想這麼不近人情，想跟她招呼一聲，問她要不要吃草莓；但因膽小，沒有做這件事。沒多久她就離開了。他確實感知她是一位失去愛的寂寞女人；「我可以給她啊！」他想；但不知道怎麼給，在這樣陽光明媚繁花盛開豐富的早餐面前。

在台灣一位長期在巴黎生活的法裔好友，於告別的聚會時，她告訴阿沐「現在的巴黎人失去了愛」。當時他以開玩笑的口吻說「我有很多愛可以分給巴黎人」。現在，他人在巴黎，不知道他們是不是真的失去了愛；但他走在路街巷弄裡，卻常常於各處小角落的地上，看見「Amour」（法文「愛」）小小的白色漆字。它並非很醒目，但路過不經意看到，就知道是那個字。這是一件奇妙的事，似乎全巴黎各角落都有；沒有人知道這字是誰塗上去的，也沒有人在意是誰；這看似簡單的行為，卻是

非常棒的藝術作品；影響是那麼深且廣。

22

　　他突然想去海棠家看看；切斷母語的規定，反正已經破功了，不差再破一次。他喜歡她那極愛中國武俠電影的法國丈夫Rouge；Rouge 曾在台灣的舊書攤，收集頗多4、50年代的電影雜誌；他興奮地翻給阿沐看；大部分是武俠片及李小龍稱霸電影市場的內容。他與他有一項共同的喜好：鍾愛日本動畫導演押井守的作品。Rouge 可以說的中文字很少，但仍努力的說給他聽，加上比手劃腳，還是有頗多的交集。他那時候在台灣的語言狀況，跟阿沐現在很像；只是位置互換而已。海棠說「歡迎，Rouge 可以煮義大利麵請你吃。」海棠的家在艾菲爾鐵塔附近；他終於又可以感受巴黎另一區域的風貌。嗅嗅氣味，感覺這區大部分都是法國白人的住宅；有一種守護法國正統精神的味道。他出了地鐵欲走到約定地點，覺得兩手空空前往有點失禮，逐經過超市時買了一盒草莓。見到了海棠，她問「怎麼樣？」阿沐說「還不錯！」她說「巴黎還是有點髒，我去德國看朋友時，發現那裡乾淨得不得了。」他說「太乾淨的地方會讓我緊張，會覺得規矩很多，雙手往那裡擺都不對勁；巴黎的髒，讓人有一種自由感。」其實也沒那麼髒，跟台北差不多

吧。

　　海棠住的房子聽說是二十世紀初，配合都市計劃，所建設的公寓群。阿沐尾隨她的腳步進入公寓電梯；他驚嘆這世界竟有如此迷你的小電梯；僅能容下兩位大人的體積，第三位再擠進來，恐怕要臉貼著臉了。海棠按了6樓；電梯升得很平穩；如果不看燈號的變化，會覺得像小時候在屋內玩躲迷藏，兩個人躲在衣櫃裡，靜悄悄地等著鬼來捉尋。整棟建築維護得很好，室內也更新了一些現代建材，遂感受不到有100年的歷史。看到Rouge，覺得容貌沒變，氣質卻變很多；以前比較像學生，現在有一家之主的氣勢和自信。這可能和海棠心態的調整有關；以前她太強勢了，小倆口常常吵架；現在海棠再度回法國定居後，比較會照顧Rouge的心理狀態。Rouge正在忙著做菜，出來和他寒暄一會兒，即回廚房繼續。海棠準備著待會兒要午餐的餐具。他沒事環視著裡面的空間；所有的東西都恰到好處地安置在必然的位置，使狹小的空間，不因龐雜的物品而感到擁擠侷促；看似簡單的擺設，卻隱涵著對空間運用的巧思。一張多功能的小方桌，海棠鋪上雅緻的桌布，即成了吃飯的餐桌。Rouge端出一盤盤色澤誘人的義大利麵。

　　吃完義大利麵，一人一個乳凍優格。阿沐一邊吃著，隨口說「法國好像很流行吃這個？」Rouge透過海棠翻譯「在法國沒

有流行的東西，很多東西我小時候就在吃了。」這讓他聯想起昨天下午逛一間小型的歷史博物館時，看到一幅18世紀的油畫；發現畫面裡的路邊行道樹，竟然和現在的巴黎一模一樣；每一棵樹木的底下，置放一座四方形盤狀鏤空的鑄鐵（保護樹木根盤亦可讓雨水滲入）；幼小樹木的樹幹皆圈上一座鐵條的護欄。對待植物，發展了一項好方法，法國人就始終如一；連鑄鐵的顏色、造型、鏤空的花樣，經過了二百多年，竟然還是一模一樣。這在他後來的旅行經驗中，也得到了印證「法國人是固守傳統、尊敬傳統的民族」。面對新事物的態度是嚴謹的，但同時又能包容異己異質的人事物，在生活周遭出現；即不排斥又保持距離的看待；時間久了，接受的人多了，慢慢地，異質的人事物就納入法國傳統的一部分。所以法國環境的美，是建立在一種穩定和諧的基礎上；但是近代法國的外來移民者愈來愈多，來自世界各地；其龐雜的外來文化及價值觀，似乎漸漸在鬆動這種穩定。

23

Rouge建議他徒步走一走塞納河岸；吃完飯沒有久留，他即馬上往塞納河走。打開地圖發現巴黎的名勝古蹟，80％都在塞納河2公里的範圍內；每一區段皆有顯著的不同風貌，顯示塞納

河為巴黎的文化溫床。從艾菲爾鐵塔旁邊這一段，往市中心走，他想這樣走回瑪黑的住處。沿途遇見很多船屋；有些像從國外開來的旅行遊艇；是那種兩個人包山包海的小遊艇，吃住的設備一應俱全；還有腳踏車在甲板上，隨時可上岸上山。另一種各具特色的船屋，是改裝的高級餐廳；這種船像佔著茅坑永遠不離開似的；遠洋是它古老的記憶。當然最常見的是遊魂般地在塞納河上，飄來飄去的遊河觀光船。他不想再看船了；坐船會讓他興奮，看船似乎會讓他頭暈。

　　沿途並沒有遇見像他這樣散步的人；也許巴黎人喜歡夜晚遊河；觀光客當然是坐船囉；阿沐一個人孤獨安靜地走著。岸邊的泥地上，長著雛菊及許多不曾見過的小植物；陽光暖暖，微風徐徐，他愉悅地欣賞小花小草可愛靈巧的身姿。經過橋下，遇見流浪漢的克難小屋；幾片舊木板及厚紙板，隨意搭建；好像伸手一碰，就會隨即崩塌似的；高度僅能蹲坐著，然後躺下；一種純粹遮風蔽寒的睡眠器具。他繼續走著，又經過一座橋下，又是流浪漢的窩；他恍然明白，在這麼優美寧靜的地方，為什麼沒有散步的人；流浪漢的存在是文明社會的一種尷尬，尤其物質生活優渥的中產階級者，很不能理解怎麼會有人，選擇這樣的生活方式。再往前，發現他的去路，被隆隆急駛的車陣攔截。他忐忑地不知怎麼辦，折返路遙且無聊，而前

方的汽車，那麼高速密集；然而阿沐仍不願折回，想姑且等車陣的縫隙，冒險穿越。他不明白巴黎政府，為什麼會有這樣的舉動；人是喜歡親河的，一個城市有這麼大好的資源，竟任意糟蹋。想起自己台灣的樣子，覺得還是收回剛剛的率性批評。

24

被逼上大馬路，很不情願地走著；忽然被前方一座金璧輝煌的大橋，驚豔得忘了剛剛的嘔氣。巨大精緻的雕塑，滿佈橋上及四周；像是神話般的人物，儀態栩栩如生；雕像皮膚透出多層次的氧化銅綠，於局部的位置塗上耀眼的純金；顯出畫龍點睛的震撼效果。轉頭往右看，一幢偌大的宮廷式建築，像鋼盔的圓頂上亦是塗上純金。阿沐猜想，這應該就是那著名的凡爾賽宮，才會有這麼大手筆；洋溢著貴族的恢宏氣度。他的道德潔癖，讓他一向不太願意親近貴族的東西；但這次是無意中遇見的，若再刻意閃避，就顯得矯情了些。他混在觀光的人潮裡，目瞪口呆地驚服每一細節每一角落；他忖思著，也是因為貴族們奢華無度的需求，才創造出這麼多驚人的藝術。在橋上繞了一圈；他想，就在宮廷前方的草坪上歇腳吧。

坐下來脫掉鞋子，攤開被蹂躪數小時的雙腳，心惜可憐的看著它；又看著這一片綠油油的草坪；心想，為什麼經歷這麼

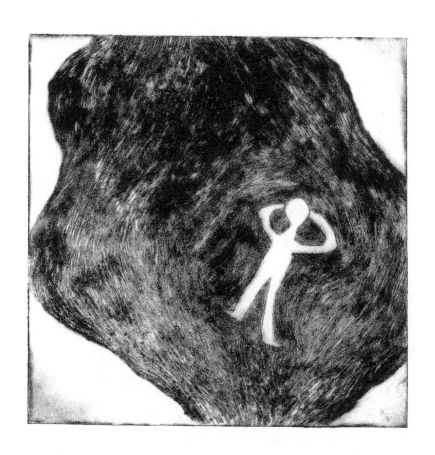

多人的踐踏，草坪上的每一株小草，依然長得這麼肥壯？就像

他的雙腳依然如此健美？「也許這是生命的本質吧」。慢慢啃咬

早餐吃剩的棍子，一邊看著左前方一位阿拉伯裔的小男孩玩足

球；男孩對面的中年男人像他的祖父，有點無聊無奈地幫男孩

撿球；男孩看到自己受到注目，就開始耍帥，玩一些得意的技

巧；他會心地微笑著，並持續欣賞著。偶爾也望望右邊的溜冰場；一群少年穿著直排溜冰鞋，激烈對戰著曲棍球。他確實疲累；吃完東西頭腦昏昏的，便躺下來，不久就睡著了。

25

他被冷醒；突然回神警覺到，自己在馬路邊的草坪上睡覺。天色已暗，氣溫驟降；他從布袋裡掏出圍巾披著。回廠房還有一大段路，心想還是坐地鐵回去算了。回到廠房巷口，看見一輛警車守在大門；心裡驚呼「糟糕！忘了俄羅斯先生的叮嚀，周末假日會有警察。」他無奈地走去龐畢度附近晃一晃，「待會兒再回來看看吧！」經過一家中國餐館，進去點了一碗越南牛肉河粉；「天氣這麼冷，補一下好了」心裡呼著；連續幾天的冷食，雖然可以適應，但偶爾還是要照顧一下胃的感受。餐館內除了店員，他是唯一的東方人；這讓他的感覺很弔詭；在中國餐館內，他拿著中國筷子，周圍都是西方人的臉孔，講著他聽不懂的語言。中國餐館在巴黎的密度很高，幾乎和傳統的雜貨店不相上下。除了13區的中國城，有幾家餐館別具特色之外，幾乎全巴黎所有的中國餐館，只有一種特色；內部的裝潢裝飾、菜單菜色、甚至味道都差不多；這是呼應法國人對食物的保守特性？也許吧。

他吃得很慢，想在店內多待一會兒；心想警察不會輕易走掉。經過一個多小時，他不知道要去那裡；龐畢度廣場上的氣氛，比天氣還冷。他慢慢走回去看看；到了巷口，發現警察還在，但同時看見住3樓的某位朋友，正要出門；他高興地上前攔他，託他向警察說情；警察說半夜1點會離開，自己看著辦。他向朋友借錶看，還差半小時；說聲謝謝，即離開到附近隨便走走；「半小時很快的」他想。走到大馬路上，人車稀疏，平均10分鐘才會看到一輛車或一個人；想起台北的公館，這時候的車陣還隆隆地響著。擁擠的台北市，人太多了，大家只好24小時輪番使用這塊土地。突然聽到馬路的對面有笑鬧聲；他望去，是三位年輕人，像從旁邊的PUB衝出來；其中一位醉得很離譜，故意躺在馬路上，另兩位一邊拉他一邊狂笑；笑聲似乎可以藉由空曠的馬路，通到凱旋門。

26

他想半小時應該過了，可以返回廠房；果然警察不見了。摸黑走入暗道，上2樓的後門，拿了起子開門；鎖已經轉動了，但門推不開。心想是不是有什麼訣竅沒有掌握好；繼續試了數次，仍未成功；他輕呼「天啊！這是怎麼回事？」他痛批自己，為什麼俄羅斯先生教他開鎖的時候，自以為很簡單，沒有

模擬一遍。再試幾次,仍是不行;心虛地輕敲幾次門,看俄羅斯先生會不會聽到?沒有回應;再稍微大聲一點,仍無回應;他不好意思再敲了。喪氣地走回1樓大門;遇見一位身材高䠷的黑人;他的黑是在暗室裡,會發光的那種黑。黑人說「我上3樓找不到朋友,想來2樓借宿一晚」,他說「2樓的門我打不開,也許你可以試看看」。帶著黑人走暗道,上2樓後門;黑人試了幾次,也是不行;他只好放棄向黑人說「我們就睡這裡吧?」黑人沒意見,兩人即席地躺下。他們睡的地方是另一獨立空間;從空間的格局及高尚的建材判斷,像是這個廠房的訪客接待處;他和黑人躺的位置,鋪著硬質粗網的地毯。室內密閉,不受寒風吹襲,比起之前的公共電話亭好太多了;但他身上沒有多帶衣服,曲縮著身體,睡久了,升起的寒意仍是令人難受,難以入眠。他起身返回暗道1樓,看能不能尋到禦寒的材料;幸運地找到一些窗帘布;他分一半給黑人蓋,總算安度了一夜。

醒來瞥見淺綠的窗帘布,一團散亂在身邊;不見黑人。他伸伸懶腰走回暗道,至2樓前門,門沒鎖,逕自開門進去。大廳空無一人,發現後門的腰身卡著一根鐵桿;阿沐恍然明白為什麼門會推不開;但是俄羅斯先生為什麼要這麼做呢?他心情沮喪地臆測:俄羅斯先生不喜歡他晚歸?還是缺乏安全感?阿沐

覺得是後者。可能和俄羅斯先生的生長環境有關，也許曾經經歷一些苦難，在那曾是共產專制的國家裡，不難理解；想到這裡，他的心就釋懷了，也不過問事情的始末。拿了牙刷毛巾要去盥洗，中途遇見俄羅斯先生；阿沐爽朗地向俄羅斯先生道早安，他回應的面容帶一點愧意。

買了早餐在大廳的長板凳吃著；久曝陽光讓他覺得燠熱，遂脫掉風衣，解開圍巾，繼續慢慢吃著。俄羅斯先生在另一邊呼他「要不要來杯熱茶？」他欣然點頭；俄羅斯先生端到他手上，即返回房間。阿沐心頭暖暖地輕酌熱茶，覺得這杯茶消融了昨天一夜的折騰。這幾天一直往外跑，他想今天就留在廠房內，那裡都不去。

27

從背包裡取出杜鵑送他的筆記本，回到大廳的長板凳，想無意識地畫些什麼。這筆記本是印度純手工製作的；平光墨黑的織布外皮，以一粒深褐色的豆子與綠色的鬆緊帶合扣冊頁；空白的內頁是粗糙的手抄紙，半隱半現著粉紫色的乾燥花瓣。筆記本太美麗了，讓他久久遲疑不知如何下筆；忽然想起身邊常常流動著各民族藤蔓般的語言，於是信手快速書寫一種藤蔓般的文字；像中國的草書，又像希伯來文或阿拉伯文。他無思

無念地寫著，欲罷不能地一頁又一頁。突然聽到一團嘰哩呱啦的人聲，及上樓的聲音；阿沐以為他們是上3樓的，一堆人竟湧進了大廳；他馬上收手合簿，怔怔地看著眾夥。有幾位親切地向他道日安，幾位逕自走著並四處看看；其中三位是警察，一位美麗的女警對他微笑，「被她開罰單的心情，是不是仍然愉悅呢？」他忖思著。沒多久，他們一個一個從後門消失；踏過他昨晚睡覺的一隅，在訪客接待處聚集。

　　繼續寫著自己看不懂的天書；翻開另一頁空白，焦點聚集在紙面上的花瓣，輕輕地描繪花瓣的輪廓；恍惚地，線條漸漸離開了花瓣。他的手好像受到另一時空的意志在操控，或者是線條在指引著筆，筆牽引著手；頭腦一片混沌；眼前游走的線條，所構成的畫面，他的頭腦無法理解，然而畫面仍繼續進行著。突來的女尖叫聲，把他驚醒；是從後門的訪客接待處傳來的；接著咆哮，接著哭泣，同時混雜一陣群笑聲；過一會兒，出現像兒歌旋律的齊聲大唱。他恍然意會，原來有一群人在表演，而觀眾是那幾位警察，及屋主的代表們。阿沐知道他們是在進行談判；為此，昨天來了一批人，將廠房內的噴漆塗鴉全改換新畫面，宣示這個廠房仍積極在活動中。他聽海棠說，法國有一項法律：若空屋建築廢棄多年，被法國公民進駐超過半年，屋主不得任意驅離，須透過談判和解。那麼剛剛的耍賴式

表演，是佔駐方的談判策略。他聽到一陣敲敲打打，但聲音是從另一方傳來；轉頭望去是俄羅斯先生在前門，像在按裝什麼東西。俄羅斯太太拿一些食物遞給阿沐；他不明白她為什麼要賜予食物，這已經是第二次了；她總是那樣慈愛的面容，不太能與他說英語，總是以親切的微笑傳達友善。

　　談判會議進行當中，以前曾在2樓的創作者，一個一個回籠了。阿沐首次感受到2樓的熱鬧，「這裡太大了，需要多一點人氣」心裡呼著。一位長相氣質皆怪異的男子，第一次見到；他在木板上，以鉛筆素描人體群像，肢體動感很誇張，像舞者；描繪的筆觸輕淡，像隨時要塗上色彩。另一位留著巴布瑪利捲髮的男子，上次匆匆一面，今天才知道他是玩石雕的；在阿沐睡房裡側的另一房間，關著門悶著敲打；以純白大理石為媒材，雕著中小型的具象人物，輪廓線條極簡；刻意將身體某局部，以不成比例誇大，像某角度的平面透視圖，轉化成立體的雕塑物。第三位是像洋娃娃般的女孩，後來阿沐終於記住她的名字Rose；每次上廁所都會經過散落一地的繪畫習作，原來是她畫的；Rose的畫以女體為主，畫面常顯露一種深層的焦慮；喜歡用錫箔紙拼貼某局部，然後塗上壓克力顏料。昨天上午一位大學的美術教授，在牆上繪了卡通式的素描；畫到一半，今天卻不見人影。

28

　　中午吃了俄羅斯太太的愛心食物後，在臥房裡睡一趟午覺，補昨夜的不足。他醒來，睡眼惺忪地走到大廳的長凳上，坐著發呆；一會兒，俄羅斯先生來到面前，拉他到前門；展示上午辛苦的裝置。俄羅斯先生在鐵門邊側的牆角，於腰身的高度，鑿穿一個細細的小洞，洞內有一條細鐵絲，門外的一端，繫著一支螺絲釘，門內的一端，綁住活動鎖的拉把；那麼，只要捉住螺絲釘用力一拉，門即可推開。小小的螺絲釘在邊側，不易被發現；即使看到，也搞不清是幹嘛；那麼即可讓沒有鑰匙的2樓住戶，自由出入，亦可兼顧俄羅斯先生的安全感。阿沐欣喜地稱讚他，美妙的裝置；俄羅斯先生客氣地表示「沒什麼啦！沒什麼啦！」

　　在室內窩了一天，他想出去走走；已經有一個美妙的裝置，可以心無顧慮地在外面多溜達一陣。晚上天氣已轉冷，他多穿一件長衫，披著圍巾出門，往塞納河走。海棠說，河岸的晚上，有時會有玩非洲鼓的人聚集；阿沐想試試這一次的運氣，之前已碰壁兩次了。靠聖母院這邊的河岸，晚上不乏散步的人群；燈光所營造的浪漫氣氛，是情侶們及觀光客的熱門之地。他打開耳尖聽不到任何動靜；鼓聲在空曠的地方可以傳遞

很遠，聽不到即是沒有。他失望地隨便走走；突然對這一區域，感到煩膩，不想再走了；「明天一定要坐地鐵遠離這一區，那裡都好！」心裡叫著。慢慢走回廠房，什麼事也沒發生，什麼也沒印象，彷彿走的是一條長長的白色隧道。上了廠房2樓，捉住螺絲釘，用力一拉；是鬆垮垮的鐵絲，門也推不開。他楞在原地，苦笑著，搖頭暗呼「俄羅斯先生啊！俄羅斯先生！」一會兒，再向自己打氣「好吧！上3樓做社會交際」。

其實3樓的朋友，每一位都是可以深交的優質之人；礙於語言的問題無法深度交流。僅是客套地寒暄幾句，然後厚著臉皮賴在那裡，這種事他實在羞於常為；然而今晚就不得不再做一次。阿沐按了兩下電鈴，來開門的是一位個子不高的黑人，頭頂長著像植物的條狀捲髮，咧開雪白的牙齒，睜著明亮的雙眸道晚安；他覥覥地入門。黑人熱情地問他從那裡來的，叫什麼名字；他簡單的回答，並回問相同的問題。黑人叫Orange，是足球職業運動員，母國是那裡聽不清楚。Orange又問一些事情，他聽懂的非常少，支支吾吾地很挫折，就開門見山告訴他2樓的狀況，想來這裡借宿一晚。Orange很善良，要幫他找睡覺的地方；阿沐感激地向他說，前廳的沙發就可以了，之前已睡過；Orange體諒地順他的意。

29

　　他若無其事地回2樓，盥洗、吃早餐、曬太陽。曾共度一夜的那位很高很黑的黑人突然出現；他欣喜地向他打招呼，阿沐再次問他的名字，黑人慢慢地一字一字地拼Jaune。Jaune穿著光鮮筆挺的黑色西裝、黑襪子、黑皮鞋；他想，如果再戴一支黑色墨鏡，Jaune就可以在黑夜裡當隱形人了；不巧的他戴的是紅色的棒球帽。他說要住這裡；在阿沐房間斜對角的另一間；他們倆人一起清理著，也在廠房內四處找尋可以當寢具的材料；之前的淺綠窗簾布再撿回來當蓋被；Jaune看中一條黑色的長沙發，想當床墊。這沙發平常是隱在2樓另一黑暗密室裡，牆上貼著大塊的白布，像曾經在這裡播放影片。Jaune想拿，阿沐就義不容辭地幫忙搬；但沙發太長了，進不了房內；沙發很重，懶得再搬回原處，索性就放在大廳。沙發的觸感很舒服，且彈性適當，異常規格的長度，可坐8個人；坐這樣的沙發在大廳曬太陽，簡直是五星級的享受。Jaune的行李很驚人，就一把吉他和一包菸。穿著高尚的西裝和皮鞋，過著流浪漢的生活，這讓阿沐開了眼界。

　　房間打理差不多後，Jaune和阿沐坐在大廳沙發休息曬太陽。Jaune一邊隨興聊，一邊撥彈著吉他；說他是念電影的，家

鄉在肯亞；其他的阿沐聽不懂，但仍安靜傾聽著。一會兒，
Jaune開始即興地唱起來，是藍調的感覺，其中幾段旋律振動了
阿沐的心，他閉眼沉浸著；突然興起回房拿口琴，和Jaune合
奏；他一直當著和弦的角色，將Jaune的音樂意境烘托得更深
邃；兩人都很投入很陶醉，情緒慢慢高亢起來。有時Jaune會在
某段落，開放讓阿沐獨奏口琴；他亦不客氣地放肆奔馳。此時
俄羅斯先生從幽蔽的房間走出來，靠近他們；阿沐看到Rose在
對面畫圖，偶爾會轉頭過來用眼神及手勢讚賞；不知從那裡來
的三位陌生少年，也跟著圍進來。

　　這個廠房不時有一些媒體來採訪報導，因此偶爾會有三三
兩兩的好奇民眾來逛逛；有時其他領域的藝術家，會拿作品來
這裡交流。這群佔領廠房的年輕人，確實做了一件了不起的
事，雖然他們並沒有認真在運用這個空間，從事自身的創作；
而比較像他們休閒娛樂的場所；但是他們開放讓有心創作或想
發表作品，卻苦無空間的人進來。阿沐隱約能夠理解，這群從
事美術創作的年輕人的苦悶；他們的前輩早在二百年前，就將
繪畫的技術走到巔峰極致了；之後的畢卡索、米羅、馬諦斯、
蒙德里安、席勒、杜象……各種流派，各種主義，一個巨大龐
然的包袱，要突破，幾乎是不可能的任務；只能在某前輩的陰
影下，或雜交別人已經發展過的技巧、形式，勉強度日。他們

是迷失的一代，看不到自己的方向在那裡；一直往外看往外找，卻不知如何往內挖；迷茫地在煙霧中浮盪。

　　Jaune的釋放可能已經到底了，因此將吉他讓給某一位少男玩；偶爾指導指導他的表現技巧。這位少男長得極為秀麗，可是他卻故意讓自己頭髮蓬亂，衣著髒破；仍難掩他天生的美豔；阿沐暗忖《威尼斯之死》電影中的那位老男人，也會為這位美少男神魂顛倒吧。少男玩得很拘謹生澀；一陣子之後，俄羅斯先生手癢，向少男討吉他來彈。阿沐和Jaune很意外，期待地等他的音樂；但俄羅斯先生太在意自己的表現，一直停頓重來，停頓重來；後來也漸入佳境了，從流行的英美老歌一首接一首，俄羅斯家鄉的民歌也出籠了；氣氛愉悅酣美。阿沐正訥悶，怎麼都不見俄羅斯夫人的影子，她就冒出來了；但是臉是臭的；她怔怔地看著前方，不理會大夥的歡愉，逕自走出了門。俄羅斯先生一臉心愧地目送她出去。阿沐終於意會了，是夫人在嘔先生的氣；然而為什麼生氣呢？他忖思，會不會和昨晚無法入門的事件有關？俄羅斯夫人少與阿沐接觸，妄論什麼交情；但她體恤別人的善良之心，竟看見親密的枕邊人，連番三次的背德，似乎不得不大發脾氣。然而，夫人這次的生氣，就真的讓阿沐每天晚上都暢通無阻。

30

　　下午，太陽已經不在大廳的玻璃屋頂時，一堆人全都散光無蹤；他趁這安靜的時刻，坐在沙發上打坐；似乎想在這特殊的位置，與這棟老房子的靈魂交心；打坐完畢，他在原處伸腿，按摩腿肚及腳踝，舒緩血液的阻滯，然後起身活動活動筋骨。看見Argenté帶著單眼相機，從樓上衝下來；他說想拍阿沐剛剛打坐的樣子，請他再坐一次。阿沐嚴肅地說「打坐已經結束了」；Argenté失望地楞在原地。他忖思Argenté想拍照記錄，也許是要多收集廠房的內部活動檔案，有助於與屋主談判，以利延長佔駐時間。覺得自己住在這裡，他也應該盡一點義務，於是向Argenté說「可以即興跳一支舞讓你拍。」Argenté高興地站在一旁等待；阿沐簡單地做幾項拉筋動作，然後在大廳內繞圈子。一陣子之後，他在Argenté正前方三步距離定住，閉眼凝神十幾秒後，瞬間狂烈的大動作，快節奏。碰巧在舞蹈之前，他在原地打坐，與這棟老房子交過心；他像乩童般被老房子的靈魂附身，接收了老房子的能量，將老房子的感受舞給Argenté看。在結束前五分鐘，狂烈的大動作在Argenté面前，一個弓跨步，瞬間再定住。他上半身前傾弓箭步，兩手高舉張爪臉朝下，汗流浹背大喘吁吁；十幾秒後，兩腿鬆軟半蹲，雙手肘垂

掛，手指懸空朝天，臉半仰，神情恍惚；以一種幽微的節奏，
扭動全身所有關節，同時小碎步緩緩移動。一陣子之後，回了
神就突然中斷；恢復正常身態，看著Argenté；他竟將頭臉轉向
旁側；手握著相機，也不知道有沒有拍。阿沐問他「還好嗎？」
他回頭看他；Argenté紅著眼眶，神情凝重；什麼也沒說就上樓
去了。

　　阿沐不知道Argenté上樓跟大家說了什麼，隔天廠房的氣氛
變得很玄異。除了Rose照常下來畫圖之外，其他很少下來2樓
活動的朋友，竟斷斷續續地一個一個出現；並且想開始做點什
麼事。有的在某片牆上，隨意地噴漆塗鴉；有的在牆上掛一張
亞麻畫布，畫了一位男人肖像的輪廓；有的坐在某角落，靜靜
地拿筆記本在書寫什麼；連平常只在3樓畫畫的男生，也將半成
品的畫作拿到2樓繼續。阿沐受了他們的感染，覺得也應該做點
什麼；遂在地上撿一塊廢棄的木板，借他們剩餘的顏料畫了一
幅小品。

31

　　夜晚的時刻；也在巴黎混的四位同鄉，來廠房拜訪俄羅斯
夫婦。滿桌的食物、啤酒、言談和笑聲，把2樓炒得很熱。俄羅
斯先生開心地將他們介紹予阿沐認識；但語言不通，握了手之

後也不能幹嘛；他獨自回房打坐。然而大廳的熱鬧，反襯了阿沐一個人在房內的孤寂；打坐靜不下來，沒多久即起身，想到外面走走。走至大廳，微微聽到從3樓傳來蹦啊蹦啊的音響；他欣喜地暗呼「太好了！3樓有Party。」他速速衝上去，按了電鈴數次，都沒人來開門；心焦地想，他們全關在那小房間內，享受劇烈的電子音樂，一定聽不到鈴聲。此時恨不得馬上變出一支手機；又想起，沒記錄任何一人的電話，手機能幹嘛？心情哀傷地走下樓；於樓梯轉角的窗戶，無意中，看見有人坐在3樓某房的窗檻上；他雀躍地打開窗，向他們呼救。

　　第2次來到這間房，阿沐和大夥也都熟識了，因此感覺格外的親切。雖然能對話的語言很少，幾位朋友仍不時地主動過來，哈啦一小下。眾夥正熱烈地抽大麻，東扯扯西扯扯的，一會兒爽朗的群笑聲，也能蓋過劇烈的電子音樂。阿沐的頭，一邊輕微地隨音樂的節奏搖動，一邊傻笑著。他們傳過來的大麻，他也不客氣地猛抽，很陶醉整個空間的氛圍。無意中，瞥見Argenté怔怔看他一眼，表情卻很凝重；阿沐很不解，又不知如何問他，遂忽略了這一片段畫面。之後，Argenté莫名地消失了；在廠房未來的日子裡，就不曾再見過他的踪影。阿沐的內心，隱隱約約知道怎麼回事——

32

天氣變得更冷，且常常下雨而顯得濕寒。阿沐開始他的計劃，每天坐地鐵到每一號線的終點站；想看看巴黎的邊陲地帶，長什麼樣子。每天一大早出門，天黑才回來。由於他住的地方位於市中心，所以每一線都要分成兩趟跑；他看著地鐵圖，東西南北隨便點，毫無概念，也毫無計劃。他不曾看過關於巴黎的旅遊指南，更對法國的歷史地理全然無知；只是偶爾耳聞朋友說，那裡怎麼樣，這裡怎麼樣；然而他只聽信某位朋友說「巴黎的4月最好了，不冷不熱」；結果他冷慘了。還好人類的體質，會隨著環境調整；阿沐帶的禦寒衣物極少，但一般而言還是撐得過去。然而寒雨的第二天，他開始出現咳嗽現象，且愈來愈嚴重；晚上睡眠有時會暴咳不停，肺部的積痰吐不完似的。半夜的咳聲，似乎驚動了俄羅斯夫婦；一天上午，俄羅斯先生在清理另一間空房，阿沐不明原因，後來才知道是他的善意。他覺得這個房間比較溫暖，請阿沐搬過來；他很感動的告訴俄羅斯先生，他必須暫時離開這裡幾天，到朋友家養病。這個朋友的家，其實是國民黨在巴黎開設的青年旅館。

海棠帶阿沐到這家稱之為「華夏中心」的青年旅館。很久很久以前，海棠曾經來過，但還是找了近半小時，才問到是某

棟公寓大樓的17樓，的某一室。經過Lobby來到電梯處；四座
電梯分成兩邊，一邊1~16樓，另一邊17~30樓。海棠按了直達
17樓這邊的鈕；等了很久都沒動靜，阿沐再按了另一邊。不知
道是不是因為太焦急，他覺得時間好像因為天氣的寒冷而被冰
凍了；等到後來，心裡懷疑這電梯會不會是假的？還有一個隱
形電梯，需要通關暗語才會出現？在巴黎這陌生的異域，什麼
事情都有可能。終於，聽到電梯的開門聲，進去按17，門關到
一半，瞬間衝進來一個人；心吃了一驚；他嚇到的是這電梯竟
然沒有安全裝置；若再慢一秒，衝來的這個人，可能當場被夾
斃。他呼了一口氣，眼睛瞪著17看，等著燈號亮起；心裡暗
忖，這棟30層的大樓，它的年齡是不是也已經30歲了？如果真
的是30年前的電梯，他也只能接受了。

33

　　開門的是一位女生。海棠還要赴另一個約，就留阿沐自己
去洽談；他感謝海棠的辛苦，也不好意思讓她經歷這一段枯燥
無聊的過程。女生叫黃菊，是這裡的工讀生，在巴黎念美術。
因生疏，她的態度冷冷的像公務員；熟識之後才感受到她的親
和力，像小朋友一樣喜歡玩耍。兩間房，12個床位，在這清冷
的季節，床位空很多。一天的住宿費只需10歐元；相較於巴黎

一般旅館40歐元的價位，這裡便宜太多了。他最欣賞的是，有一套設備完整，自助自理的廚房；他可以在附近的超市買材料，好好燉一鍋熱湯，驅寒熱補。巴黎人幾乎不喝湯似的，到處看不到有人喝湯；連中國餐館的簡餐也不附湯，頂多加一點錢，附瓶罐頭果汁或咖啡；不可思議的國家。

在華夏中心住了五天；除非出去買食物，他幾乎都關在屋子裡。屋內有暖氣，每天每餐吃熱食，每天洗熱水澡。他在廠房只能用冷水洗頭擦澡；平常沒問題，受了嚴重的風寒就比較麻煩。他的病一天一天明顯好轉；看著窗外悽風慘雨，暗幸自己果斷的決定。他每餐吃著營養豐盛的食物，卻花很少的錢；除了因為附近中國人開的超市，特別便宜以外，華夏中心的廚房內，遺留很多前人貢獻的食物。一般人不喜歡陌生人用過的食物，而他不忌諱；更不忍目睹食物白白浪費腐壞。有時光清理冰箱遺留的食物，就可以吃一天；有時更可以多煮一些量，招待眾室友們；由於常常借花獻佛，他在華夏中心的人緣變得很好。來華夏中心住的台灣人，大部分是短期自助旅行的歐洲遊學生或年輕人；常常是天一亮，就紛紛出門，傍晚時刻才一個一個回來；因此白天，幾乎都是阿沐一個人在室內獨處。他花很多時間慢慢料理食物，並按三餐睡覺，醒來偶爾打坐，偶爾吹口琴。最常的娛樂是看電視；看新聞報導、看綜藝節目、

看紀錄片、電影、單元影集，全是法語發音。他很熱衷著迷法國電視；沒劇情的可懂20％，有劇情的可懂60％；某些語言對話很少的電影，他可看懂90％；很奇妙的，語言有障礙，又不是那麼大的障礙。

34

身體康復後，阿沐腳步輕快愉悅地回廠房；在大廳遇見Jaune，欣喜地問候並問他大夥都好嗎？他說都好，但俄羅斯先生病了。一會兒，確實聽到從房內傳來俄羅斯先生的咳嗽聲；他微微擔憂，在這沒有暖氣，沒有熱水的地方，俄羅斯先生的病，不知道要挨多久。無意中，發現之前俄羅斯先生為他整理的房間，已經有人住了；仔細一瞧，是俄羅斯同鄉的其中一位。俄羅斯先生從房內走出來，身形憔悴地過來寒暄，笑容有點勉強；心想他的病苦確實不好受。三人一起坐在沙發上；Jaune正在聽不知從那裡弄來的小收音機，一邊翻閱舊雜誌；他和俄羅斯先生默默地坐在沙發上曬太陽；忽然想起，剛剛看到的畫面，於是向他說「我睡的那個房間很好，沒問題，也已經習慣了。」俄羅斯先生心有意會地默默無語。三人繼續安靜地在沙發上曬太陽，收音機冷冷地嘰哩咕嚕嘰哩咕嚕，像新聞報導的廣播。

35

　　阿沐覺得應該繼續他的巴黎邊陲之旅。上次和丁香碰面的時候，她說巴黎有兩個大型的跳蚤市場頗有看頭，也剛好在邊陲地帶。他想先到南方的跳蚤市場逛逛，順便買一支小型的手電筒；雖然廠房晚上沒有照明設備，出入活動沒什麼太大的問題，但有支手電筒，總是比較順暢方便。他走出地鐵時，驚奇地發現「怎麼比市中心還熱鬧啊？」到處都是人，而且大部分是非白種人；從眾多的臉孔，大概可以辨識出印度人、阿拉伯人、南歐的拉丁人及各種非洲人。往跳蚤市場的沿途，出現許多體制外的小攤販；譬如一塊小布鋪在地面，布上擺著三件舊衣裳、一雙髒髒的運動鞋、一具不知道會不會亮的床頭燈、幾支中古的湯匙；就這樣，很典型的，只要覺得還可以用，就擺出來。一位老頭子很可愛，他的小布攤上有一隻舊皮鞋；可能覺得有人的鞋子如果被偷掉一隻，或一隻鞋不小心掉入河裡，那麼一隻鞋的存在就理所當然囉。還有一種極克難的賭博攤；兩具大紙箱拼成高高的賭桌，莊主和賭客都在路邊站著；莊主靈活移動三張撲克牌，一邊留意是否有巡邏的警察；三張牌中有一張王牌，賭客要專注莊主雙手快速的變換；賭注規定一次要20歐元；莊主運作的節奏很快，一輪的賭局只變化二到三次

牌；看似很簡單，也常常會看走眼。

　　眼前一棟巨大新穎的白色大樓，是家樂福大賣場。想起台灣量販店的霸主家樂福，其宗主國即是法國；有這一條線的連繫，竟覺得它親切怡人。他在擁擠的人潮中匆匆地繞了一圈；發覺居多是千篇一律的日常民生用品；只有少部分具民族特色的稀奇器具，及一兩攤非洲的藝品。因此在市場裡，他觀看人物的臉孔，比物品頻繁許多。他買了一支袖珍型的小手電筒，失望地走出來；覺得比台灣鄉間的大型夜市還遜色；但是這裡價廉物美的商品，確實滿足了中下階層百姓的日常所需。

36

　　北方的跳蚤市場就不同凡響了。一千多個攤位，聚集歐亞非三洲，各民族傳統物品及藝品；像世界博覽會一般。這裡以前應該是老住宅社區，因租金便宜而慢慢發展起來的；低矮的平房，棋盤式的道路窄小卻四通八達。老東西、老房子、老街，融搭得那麼一致；走在裡面，不自覺地心跳會變慢，時間感會錯亂，雙腳浮浮的像踩在棉被上；視線被某物品吸住時，該物品好像會對你傾心說話；一切都顯得魔幻起來。

　　一些具主題性的攤位主人，潛心專精地收集某類或某項物品；小小侷促的空間，卻將該物品的美，凝聚到極致；既使該

項物品是那麼日常平凡，卻因收集者的執著和毅力，而彰顯懾人的氣勢。例如一位中年男人，收集各種金屬零件；零件的來處也許是某機器或某工具的局部；他以個人獨到的眼光，欣賞該零件的結構或造型或質感，然後勤拭擦拂，讓每一平凡的零件，發光發亮；而它的光芒，阿沐的感受是由物質的深層內在所輻射出來的。又如一位老婆婆，除了經營一間典雅的老傢俱行，在旁邊又設立一處小攤，展示數十年來收集的洋娃娃衣服；從這個攤位，就可綜覽洋娃娃衣服，在各個時代演變的歷史，及各種樣貌。另外有專收集歐洲的老布、專鑰匙圈、專老照片、專留聲機、專銀製的杯盤刀叉……等等。這個跳蚤市場最大宗的還是販賣「念舊情懷」；老傢俱、老餐具、老字畫、老銀飾項鍊，及異國情調的老藝品雜貨；琳瑯滿目令人眼花撩亂，有些確實美的讓人頭暈。走出棋盤式道路，外面大馬路的藝品店，其設計感頗強的裝潢，像是近年才成立的。沒有店面的空地上，佔滿各式的路邊攤；令人嘖嘖稱奇的是，上百件精彩非凡的非洲面具，在台灣要買門票才看得到的，在這裡是擺在路邊的地攤賣。

東西實在太多，他只能蜻蜓點水的走馬看花；如果有意圖來尋寶，這裡確實是天堂樂園，值得重覆多來幾趟。該是吃晚餐的時間，他想在這地方淺嘗價錢不高的異國美食；逛了逛沒

有一家中意，心想還是回家吧。走到地鐵的入口處，看見一位
黑人媽媽背一個小孩，並推著嬰兒車，要下地鐵的階梯。他想
這沒有人幫她，實在太吃力了，便合力抬嬰兒車下梯。媽媽捉
著把手，阿沐在前面抬車頭，和嬰兒面對面，一邊看著後路謹
慎前進；這位約二歲大的女嬰，頭髮稀疏短捲，皮膚郁黑，大
大的眼睛怔看他幾秒後，竟嘩然大哭；好像阿沐搶了她的奶瓶
似的；他也只能一臉無辜，硬著頭皮完成任務。黑人媽媽向他
道謝；他還不太能順暢地說法語「不客氣」那最後一個音節，
就微笑地點個頭，即離開。那個音節像國語「喝」的無聲子
音，必須在喉節的部位輕輕抖動；這個音要流暢地融入語言，
對初學法語的華人頗不容易。

37

　　走進地鐵車廂，他仍難掩鮮奇的眼光，看眾人的各個臉
孔；車廂內非白人族裔居多，而東方人僅有他一個；大夥的臉
是拘謹冷漠的，彼此之間好像隔著保鮮膜一般。其實這情況和
台北的捷運差不多。每個過渡客，彼此緊密地共處在車廂內，
十幾分鐘後即彼此不相干；都市文明生活的過速和過多，讓人
們不得不用低溫阻絕的措施，來平衡身體過量的負載。地鐵行
進至某區段，發出乒吭乓的劇烈噪音，然後一道長長的高頻尖

銳聲；像兩具金屬高速的摩擦。他擔心待會兒整條列車會不會崩解瓦散？然而大夥的臉，仍是無動於衷；彷彿這恐怖的巨響，只有他一個人聽到。至市中心的某一站，他必須下車轉至另一號線。這一站是地鐵很多號線的交會點，因此交換的人潮非常繁多，且動線複雜，須小心看著指標的導引。像迷宮般的廊道裡，除了賣水果賣雜誌的攤販，也遇到演奏音樂的藝人，用柔軟的曲調，紓緩人們在地洞裡的焦慮感。

　　在地鐵內，有些藝人的音樂，確實相當迷人；但看不到有人願意停留下來，靜靜聆賞；仍以匆促平穩的節奏經過，彷彿他們是隱形的；音樂是從廣播的喇叭滲出來的。人潮的移動，像滾滾的流水；阿沐即使非常著迷某藝人的音樂，他的雙腳仍很難停下來；若要停下腳步，便像站立在湍急的河水中央。巴黎市中心的白天，地鐵內大約90％都會遇見演奏音樂的藝人；他坐了數十次地鐵，很少碰到同一個人；足以見得在巴黎地鐵，流動的藝人不在少數。他疑惑不解，巴黎人那麼冷漠，很少人願意掏錢出來，藝人為何仍是絡繹不絕？然而伸手要錢的人，實在太多了；除了藝人，還有流浪漢及為數不少的吉普賽人，散佈在各公共場所。巴黎物價頗高，生存確實不易；失業率一直攀高不下；那麼，冷漠似乎是巴黎人不得不然的現象。

38

　　有一天，他莫名地興起想反抗這種冷漠；只要看到街頭藝人、流浪漢、吉普賽人，他就給錢。他伸手至布袋內捉零錢，也不看多少，隨便捉隨興給；有一次捉不到零錢，只好將5歐元小鈔交出去。然而，他施錢出去的心理狀態，並不那麼順暢；還是會擔心自己的錢愈來愈少，只能不斷地鼓勵自己「錢不是問題！錢不是問題！」施捨錢財予需要的人，應該是光榮光明的；至少不是傷天害理的事；而他卻是匆匆的給，然後匆匆離開；彷彿做了一件丟臉的事。

　　一天上午，他如往常一般去超市買食物，欲解決早餐及一天的溫飽；超市竟然沒有開門。慌焦地想起，今天是星期日，超商不營業。只好多花一點錢到咖啡店，先解決早餐。他越過大馬路的另一邊，到巷子裡找；心想這區域不是觀光客的熱門之地，咖啡應該比較便宜。找了一家小店，開門進去，店內只有一位客人；老闆一臉剛起床的樣子，正收拾安置一些器具。他點了熱拿鐵，沒看到麵包心想就算了。他細細地啜著；看到又有兩位客人進門；他們點了烈酒，輕聲緩緩地聊著。由於頻繁的將零錢給人，他的布袋裡，連一顆銅板都沒有；因此喝完咖啡，拿出一張20歐鈔票付帳；老闆找2塊6給他。阿沐看著銅

板楞住，暗忖這是怎麼一回事；不是應該17塊6嗎？鈔票這麼大張，怎麼會以為是5歐呢？他紅著臉，沉默地瞪著老闆看；身體佇在原地不動。一會兒，老闆心虛了，過來問「10歐嗎？」他搖頭，伸出10隻手指懸空面對他，重重地振了兩下；旁邊喝酒的客人向老闆說「是20歐啦！」於是將該還的錢交給他。

這事件對阿沐的心理衝擊很大，他心情沮喪地在街頭走著，思考巴黎怎麼了？忽然想起「象由心生」這句深信不疑的古老名言；他會遇見什麼人？會發生什麼事？以及他所看到的世界，全來自他的心。至此之後，他的心結終於打開了，可以輕鬆悠然地施錢給任何人；碰到吉普賽人，同時會握她的手問候「還好嗎？」遇到藝人於演出結束時，會開朗的向他讚美。這事件的過程，他覺得很特別，應該寫信給白蘭；在逛街的下午，他進入一家咖啡店內，將這封信寫完。回廠房展開信稿，再讀一遍，覺得有點無聊；於是將信內的文字用剪刀分解拆散；抽出有感覺的字詞，拼貼成一首詩。他想把這首詩送給巴黎，遂寫在廠房內的一片牆上。

巴黎蹲在路邊牆角紅著臉閃避流浪漢
不知不覺中潛移默化在我身後的歌聲
親愛的我必須向妳坦承

心被這事件緊緊盯著　身形憔悴

走出地鐵遇見吉普賽女郎

我的愛　心虛地怔住

走進早晨的吧檯　點了一杯溫熱的貪婪

逃向另一單純的咖啡館

會發生逃離是因為沒看見「象由心生」

即使只是一具小錢筒

愉悅的傾聽

改變了經過身旁的

一位中年男子

39

　　他走進廠房巷口旁的一間教堂。之前已經錯過很多次了；阿沐一再地告訴自己，一定要參加教堂的彌撒儀式，然而每逢星期日還是忘記。這一次他特別提早起床出門。因咖啡店的事件，在別的地方多晃了一下；他打開門進入看到儀式還在進行，暗慶時間沒有遲太晚。一位年輕的男高音，悠揚地唱著彌撒歌曲；莊嚴美麗的音符，透過廣播喇叭迴盪在高闊的大廳堂；幽幽地滲入他的心房。來望彌撒最主要就是聽這種音樂；當然對儀式的氛圍，也想親身感受一下；儀式的過程在電影裡

已經看過很多遍了。現在的法國年輕人，似乎不信這一套；來望彌撒的居多是老人。在集體聖禱的時候，有兩位中年人沒有站起來參與；像來觀望信教的可能性。領聖餅的時候，阿沐不敢前往；也許他認為自己的外表，站在裡面太突兀了；或覺得自己的觀光心態會褻瀆了儀式的神聖。儀式結束後，一位老人拿一個缽來到觀眾席，收取信徒的奉獻金；有些人投了錢，有些沒有；他把咖啡店找零的2塊6投進去；慈祥可親的老人，馬上變臉。他心虛地暗忖「從來沒人投過零錢嗎？」早知道不要多此一舉；把錢送給流浪漢多好。

40

即使曬過很多次太陽，他在巴黎似乎不曾感受過流汗的滋味；也沒做過什麼會讓衣服骯髒的事；但是經過了近二十天，還是累積不少該清洗的衣服。他拿了一大袋髒衣服，走到離廠房最近的自助洗衣店。這種自助店是百分之百的自助；裡面除了一堆機器和幾張椅子，看不到半個人；有兩台洗衣機及一台烘乾機正在運轉著；但送洗衣服的人呢？竟也不見踪影。他站在告示牌前，看著操作程序的說明，佇立了很久，覺得還是不妥；這不能用猜的；如果錢投進去，莫名奇妙被吃掉怎麼辦？在這空無一人的洗衣店，哭訴無門啊。想想還是厚著臉皮，去

剛剛經過的中國餐館請教。他推開門，一位清秀白淨的女店員
正在招待一位客人點菜；他耐心地在後面等著。客人點完菜
後，他靦腆地問她會不會說中文，她說「可以」；然後將事情
的原委告訴她；她臉色有點尷尬，也沒說什麼，繼續弄客人的
菜。因沒有表明具體的訊息，他就繼續靦腆地等著。把菜端給
客人後，她說「我去看看」；他鬆了一口氣，緊跟在她後頭。
她叫他把錢交給她，然後指揮他衣服放那裡，再告訴他怎麼
按，怎麼按。阿沐很感激她的傾力相助，她客氣地說「沒什
麼！」從此，他決定每天至少要吃一餐熱食；就在她工作的中
國餐館。

　　每天吃，吃久了，感覺像回家吃飯一般。阿沐和她全家人
都混熟了。她是老闆的媳婦，有一位兩歲的女兒，她的先生沒
有工作，憂鬱地閒賦在家看顧女兒。她和小舅子、公公、婆
婆，一家四口輪流顧這家小店。她說她們是溫州人；巴黎的中
國餐館，幾乎全是溫州人開的；有些日本料理店也是。那麼他
終於理解，為什麼巴黎的中國餐館是一個樣。他來這裡吃飯有
另一個好處，可以每天使用乾淨的廁所；吃完飯就上廁所大
便。他刻意挑冷清的時刻來吃，避免佔用廁所，造成其他客人
的不便。他是她們店裡有始以來，唯一的華人，也是破紀錄的
連續光顧很多天的客人；她說法國人吃飯很隨興，客人都是路

過臨時起意進來的，一個月內很少見過同一個人。

41

　　去中國餐館吃飯的這條路上，每次都會遇見一對中年夫妻；他們固定地坐在一家專賣冷凍料理的連鎖店外的地面，背靠著商店的玻璃牆。阿沐第一次見到時，他們似乎剛到這地方落腳。厚纖維棉外套、牛仔褲、運動鞋，普通而廉價的衣著；沒特別髒也沒破。他們沒有向人伸手要錢，也沒放錢筒在身旁；只見過女的向路過的人要一根菸。每天每天，從早上到夜晚到天亮，各用一個睡袋在原地露天過寒冷的夜。阿沐無論什麼時間經過，夫妻倆總是固守在原地；像堅守不見不散的盟約，而另一個人遲遲未到。沒見過他們吃過什麼或喝過什麼，不明白是怎麼熬過的。是絕食抗議嗎？又沒見什麼訴求標語。有一天夜晚，他在廠房內聽到下雨聲，心裡一驚「啊！他們怎麼辦？」隔天早上看到他們還是安然在原地；只是女的昏沉沉地閉眼坐著，男的裹著睡袋躺在地上。阿沐遲疑著要不要引薦他們到廠房？但心裡似乎又有什麼顧慮而未行動。一次看見女的抱著男的哀哭，身體前後搖晃著；男人的臉龐在女人的胸懷裡像熟睡的嬰孩。終於，見到他們離開原地，到人行道旁的坐椅，和三位生面孔的中年人，開朗地圍聚著。之後就消失了。

42

　　雖然他也是觀光客，但總不喜歡觀光客很多地方；所以巴黎許多名勝古蹟，他遲遲未至。然而閒閒沒事，悶久了，他想「還是去吧」。先挑了艾菲爾鐵塔。走出地鐵經過一處像監獄建築的古蹟；他想「會不會是《基督山恩仇記》的巴士底？」但他對監獄沒興趣。柏油的人行道上，一位漂亮的小女孩踩著有握把的滑溜板，迎面而來；沒注意路面的凹陷，摔了一跤，當場嘩啦哭起來。阿沐上前扶起，看她還好沒有傷勢；從後面趕來的英俊爸爸，微笑地向他致謝。轉彎過馬路，進入艾菲爾鐵塔的公園腹地，眼前一座高聳的（當然不是艾菲爾鐵塔的那種高聳）玻璃裝置物；是和平紀念碑。厚達兩公分的透明玻璃面上，紋刻著和平二字；以世界各民族的文字構成；一種肅穆莊嚴的偉大期許。腹地頗大的公園，植樹非常非常的冷硬整齊；似乎和艾菲爾鐵塔，相互輝映著十九世紀的工業時代。

　　他站在鐵塔的正下方，抬頭仰望；幾何線條規律繁複地，重疊成四方形深邃的黑洞。自世界各地慕名而來的遊客，應該是想著，爬上巴黎鐵塔，即象徵爬上了法國的屋頂。他想「既然來了，就上屋頂看看吧！」還好用徒步爬梯的票價不貴，他強健的雙腳，不擔心這個操勞；而且中途可以隨意停下來，欣

賞建築結構的細節；比花大錢坐電梯，更勝一籌。走在裡面可
以具體感受，這個建築象徵著工業的科學精神；每一根金屬
樑，每一粒螺絲，都經過精準的計算，並嚴格執行。只要呼吸
調息平穩，爬昇階梯十幾分鐘，並不會感到喘；而且就這十幾
分馬上到達第一層瞭望台，比想像中還要快許多。雖然有陽光
拂照，但在塔上受風很強，還是會感到冷冽。繼續往上，第二
層階梯的沿途，掛著每個年代與鐵塔相關的重要事件影像檔
案；見證過往的風華，歷經百年不衰。在第二層的瞭望台，即
可俯瞰巴黎極遠的邊界，一些著名的建築在眼前瞭若指掌。四
周繞一圈，大約可以掌握巴黎市中心70％地理的概況；心想當
初下飛機的第一站，應該先到這個地方。上到第三層感受到自
己的位置，與遠方山巒是同一水平；這時才意識到，巴黎是一
塊大平原。在這裡，視野的遼闊性與第二層差不多，只是覺得
房子變得更小罷了。

43

在廠房用冷水擦澡一陣子之後，忽然想念起「華夏中心」
的熱水澡；尤其那設備齊全的廚房；心想「去住兩天吧」。黃菊
開門就率直地說「嘿！怎麼來了？還好有空床位。」天氣慢慢
變熱之後，來旅行的人增多了。黃菊說7、8月的旺季，房間的

床塞滿了，客廳和走道還能多擠出6個床位；一堆人窩睡在一間小公寓裡，像難民營似的。目前女遊客多很多，溢出的女生就和男生一起睡；雖然彼此不認識，大家仍不在意。他一進門，放下行李就鑽進浴室洗熱水澡。換了一套乾淨的衣褲，全身舒爽地走到客廳看電視；手握著遙控器，心不在焉地轉啊轉，覺得還是去超市買糧食，好好弄一頓晚餐來吃。

　　神清氣爽地走出門，漫步大街上；在這13區中國人最多，到處都是中文招牌的地方，阿沐覺得自己還是道地的外國人。雖然看到很多的臉孔，就像在台北的路上會遇到的一樣，但氣息仍差異很大；而他又說不出異在那裡？時間還早，他想走遠一點到別家超市，順便看看中國城的面貌。眼前一家顯亮的麥當勞，它的招牌是中文的簡體字；然而在巴黎的市街上，看到的中國字樣幾乎全是繁體；這也許是法國尊敬傳統的另一種表現。經過一處特別的建築空間，招牌寫著「中法文化交流中心」，牆外一片公佈欄，貼著該機構的研習課程；有初級法文課、太極拳教學、書法研習及徵求交換語言的小紙條。一家小商店，裡面擠滿滿的蔬菜水果及一些乾貨，滿到門口外的人行道。沿路出現不少高級的中國餐館及旅行社、飾金店。他停在一棟寫著「巴黎商場」的門口；遲疑一下，還是進去了。樓上是各式各樣的小攤，有肉品、服飾、工藝品、家電、影音軟

體;樓下是規模頗大的超級市場,匯集亞洲華人各地的蔬果、乾貨、茶品及點心,台灣貨也有不少。他買了乾香菇、大蒜、揚州米粉、生雞腿及一塊瘦豬肉。

他在廚房料理晚餐,陸續聽到進門的女生,嘰哩呱啦愈來愈多,愈來愈多;熱鬧得不得了。讓他想起小時候,過年初二回娘家,媽媽、外婆、阿姨、表姊們,擠在老厝廚房的氣味。那一群女生其實是各不同路的,卻熟得像姊妹一般。他感染了她們的氣息,就扮起老大哥的架勢,指點這指點那;畢竟巴黎他待得比她們久,也頗有心得了。後來更慫恿大家,夥同一起出遊;到他的嚮往之處:太陽劇團的基地。

44

「太陽劇團」聽海棠提很多次了。左派很濃的團體,收容不少政治難民。表演的內容融合戲劇、音樂、雜耍、特技;元素豐富,顏色多彩;是國際頗富盛名的表演團體。它在巴黎東南方的郊外,藏在一座森林裡。光聽到「森林」二字,就讓阿沐的心,雀躍的蹦蹦跳。他不好意思央求海棠帶他去;但這地方並不是什麼名勝古蹟,也不是官方機構,地圖上不會標示;身處郊外更無法標示。因此他要借助這群女生,流利的外語能力,以問路的方式把它找到;後來黃菊也要跟去,她那流利的

法語，讓過程更是得心應手。他買了幾條剛出爐的棍子麵包，
女生們準備生菜沙拉的材料及水果；一群人浩浩蕩蕩地要去森
林野餐遊玩；主角當然是太陽劇團。

1號線地鐵往東到終點站；一夥人出站，走到一處規模不大
的公車集散地；順利問到了公車的前往號線。天氣很怡人，陽
光燦爛微風，氣溫適當；「真是郊遊的好天氣！」他靠向一位
正在吃蘋果，名字叫茉莉的女生輕聲說著；順便向她要一顆。
公車還沒到，大家閒適地在候車的屋簷下走動；阿沐一邊走晃
著，一邊啃著蘋果，再次瞥見茉莉的臉；暗忖「是不是喜歡吃
蘋果的女生，就會長得像蘋果？」公車到了，大夥厚著臉皮沒
有買票，匆匆地上車。短程公車不買票，已是巴黎長久的陋
習；司機們也都睜一隻眼，閉一隻眼；但偶爾還是會遇見固守
正統精神的法國人，嚴守規矩地掏錢買票。公車一下子就進入
綠油油的郊外，道路的景色令人心花怒放。「這裡下車！」黃
菊向大夥喊；一條人龍，咕嚕咕嚕地溜下車。這是一片大大的
森林，好像剛才經過的綠色公路都在範圍內；一眼望不盡。

看到太陽劇團的入口招牌，大家興奮地過馬路鑽進去。沿
途看到停車場、小型馬場、迷你型幼稚園、住宅房屋、以及配
合巡迴表演的車屋。再往前，是一片廣闊的草坪，邊緣是植物
叢形成的圍籬，幾棵大樹散置各處；其中一棵老樹下，懸吊一

具盪鞦韆。草坪旁一條水泥的大馬路，沿著馬路一棟棟像廠房的寬敞建築；牆上一片大型的廣告看板，像剛結束一系列的戲劇表演。走至最後一棟，是辦公室的房子；旁邊的拱廊盡頭是製作舞台道具的工廠。其中一位女生走進辦公室問；一位行政經理的女士出來接待。她禮貌地問好，並問大夥從那裡來？女生們說「台灣」；女經理一臉驚奇地說「太陽劇團目前出國巡迴演出，明天即轉至台灣。」阿沐滿心的期望洩了氣「那今天是無緣囉！」女經理拿幾張廣告DM給女生們，並說這是今天晚上一個小劇團的演出。後來知道有不少獨立的小劇團，也聚集在這個社區內。DM的畫面是三位古裝的演員，在馬廄裡對話的場面；看起來很傳統，一點也不吸引人。女經理可能認為大夥遠道而來，就熱心地招待他們到劇場空間內參觀。開啟巨大的鐵捲門，室內的高闊空曠，像可以表演空中飛人；某片牆上顯出一幅壯觀的壁畫，但光線陰暗看不清楚；女經理去找開關欲啟動照明設備，但沒找到。她表達了歉意，大夥失望的離開。

　　見不到太陽劇團的表演，除了他之外，大夥似乎沒那麼沮喪。劇團所形成的社區環境很寧靜舒適；大夥走到草坪上野餐、曬太陽。吃完午餐，躺在草坪上小睡一會兒之後，大家決定回去。走了一段綠色公路，他發現旁邊有一條羊腸小徑和公

路同方向，就邀呼大夥跟他走；女生們擔心會迷路，他自信篤
定沒問題。沿途植物的生態小巧可愛，但沒多久即接上了公
路；雖然證實沒有迷路，但他遺憾這段路途不夠長。又走了一
段公路，大家決定坐公車返回地鐵站。上車沒多久，看見前方
一座迷人的古堡；一群人又咚咚地下車。

45

　古城堡外圍有寬闊深層的護城河，但河水已乾涸；河床長
滿各種小野花野草；一種像台灣芒草的植物，形成一條帶狀的
優勢族群；草葉隨風搖曳，一座偌大的古堡，像浮在碧綠的湖
面上，微微輕晃起來。走過石磚砌成的小橋；大拱門下，一位
中年女士以童稚的肢體語言，向一群年幼的孩童，解說城堡的
歷史故事。通過城門，中庭廣場被金屬浪板包住大部分的區
域，像正在進行浩大的地底工程。堡內兩棟獨立的古建築，被
鷹架重重裹住。一棟古教堂像剛被整容過；刮掉了老皺紋，顯
出少女般的膚色。古堡還在整修當中，雖然聽不到施工的聲
音，但情勢還是尷尬。他在一隅美麗的背景，幫女生們拍照留
念後，沒有久留，大夥慢慢地走回地鐵。

46

「華夏中心」有一位年輕貌美而體態豐滿的女子，名字叫牡丹。她受到阿沐的注意，是因為她的食量驚人；她的驚人是可以吃得比他還多一些，而他的食量在一般男人的標準，算是頗能吃的。在瘦身毒藥如此風行的時代，像她這樣能吃，又不在意體胖的年輕女子，令他刮目相看。她蠻會做法式料理，阿沐喜歡和她交換食物而熟識。牡丹在法國南部讀了一年語言學校，最近上來，想申請巴黎的大學；然而語言學校曠課太嚴重，沒有拿到成績單，令她很煩惱。她說在街上認識一位熱衷中國文化，也能說中文的哲學教授，願意幫她寫推薦函，對申請學校的助益很大。教授邀她到宿舍坐坐，但不清楚其品性為人，因此阿沐就答應陪她去見這位哲學教授。他在電話中聽說牡丹會多帶一位朋友，語氣顯得猶豫起來；她生氣他的反應，教授又即時婉轉地解說，仍歡迎一起過來。

教授在地鐵出口處和他們會合。他是一位眉清目秀留著灰白長髮的老男人；性情溫柔纖細，帶點神經質；中文說得很好，可以講出頗深的字彙。他的住處在第1區大馬路邊的高尚公寓。教授說不喜歡坐電梯，他們即陪他走鋪著紅毯的樓梯，上3樓。他獨居一戶不小的房子，但東西有點多，缺乏有效的規劃

而顯得侷促。他引兩位到廚房一起煮茶，一邊聊天；他說很喜歡中國的老莊，而孔子一點點。他煮了一壺金萱，三人圍在餐桌上繼續聊；他說因為長期失眠，最近停止上課，而晚上喝茶的習慣仍戒不掉；他說巴黎讓他精神緊張，但又無法離開巴黎；他說想到中國大陸教書，另一方面可以親炙中國文化；他說弟弟是很聰明的數學家，已經自殺死了；他說牡丹的推薦函沒問題，只要先將草稿擬好，交給他修改即可。

47

　　他住「華夏中心」的時侯，曾經和黃菊略提廠房的狀況；黃菊說有空會去廠房看看他；以為她是隨便說說，一天下午，就眞的跑來，並且多帶一位朋友；也是來巴黎念美術的台灣男生。他帶著兩位在2樓四處逛逛，然後一起坐在沙發上輕鬆聊聊。阿沐告訴他們，過幾天想離開巴黎到中南部旅行；想一邊徒步一邊搭便車的方式前進。他們覺得這難度頗高。男生突然冒出「何不騎腳踏車旅行，家樂福的腳踏車才100多歐。」這讓阿沐的眼睛亮起來，大呼「對啊！怎麼沒想到。」他興奮地感謝男生，提醒這個好主意；於是開始張羅腳踏車旅行的相關設備。

　　他不曾騎腳踏車長途旅行，應該俱全那些標準配備也毫無

資訊；只想著「吃飯」、「睡覺」、「腳踏車破胎怎麼辦？」這些問題；於是他朝這三個需求收集器材。阿沐上回逛跳蚤市場經過的「家樂福」是第一站。他在賣場內的腳踏車區待了很久，在各種規格機型中，仔細比較慎選；「畢竟攸關著未來長遠日子的利益」。最後他選了一台有後座、有前燈、有警告鈴的平凡單車；價格139歐。他曾在瑪黑區的腳踏車店，看過很一般的中古車就要200歐，相較之下這台便宜很多；雖然139歐可以在台灣買兩台相似規格的車子。接著挑了一具中等級的車鎖。他走在巴黎的街上，發現停在路邊的腳踏車，大部分都是用極高檔的大鎖；在台灣是拿來鎖珍貴的機車的那種；然而仍是會遇見一些哀怨的殘障者；例如坐墊不見了，或少掉一個輪子，或全部被拔光只剩下車身的骨架和高級的大鎖。阿沐暗幸自己的腳踏車是騎到巴黎之外。

　　他買了簡易型的補胎具、迷你型打氣筒、四條鬆緊帶、充氣睡墊、露營的小瓦斯爐及三個瓦斯罐。最後挑選兩個中型的保溫背包；將背帶改裝置於後座，可收藏食物及餐具、炊具。家樂福這一趟他花了216歐。在大賣場內他考慮了很久，要不要買小型的帳篷？最後決定放棄。騎腳踏車長途旅行已經夠辛苦了，承載的行李和裝備，一定要想辦法精簡到最少和最輕。他想以一件大雨衣，替代帳篷的功能；在跳蚤市場的軍事用品專

賣店內，他找到一件墨綠色雨衣，可以攤開成一塊大塑膠布；
合扣起來變成小飛俠雨衣。走回地鐵途中，在路邊攤買一塊長
方形的海綿墊；可充當睡覺的枕頭及打坐的座墊。最後一站再
回到13區；至「華夏中心」借了閒置的大鋼杯，及金屬的叉
子、湯匙、筷子共一組；再到巴黎商場買食物乾糧。回到廠
房，將一具大型的保特瓶，包上錫箔紙再綁上一塊厚布，變成
可抗日曬的水壺。張羅了兩天終於把所需的設備全部搞定。

　　為了避免別人對他的腳踏車意圖不軌，他在車身各處紋刻
了一句咒語「死亡在右後方」；中文在後輪擋泥板，法文在車
頭把手、坐墊及前擋泥板。這句咒語是墨西哥巫士唐望，要求
他的門徒時時刻刻謹記在心的銘言。阿沐覺得這句話對他在異
地旅行具有警惕的作用；但對不知情的人，可能是不祥的咒
語。在台灣的時候，他即以這句話免掉機車安全帽常常被偷的
困擾。所以他花不少時間，做紋刻的工作在車身上。

48

　　聽說法國鄉下，大部分的人不說英語，甚至不屑說英語。
於是他度思著在旅行過程中，需要學會那幾句基本的法語？思
考了一陣，總結歸納出：「我是台灣來的旅行者」、「我叫阿
沐」、「請問你怎麼稱呼」、「可以要一些水嗎」、「請問有沒有

空地可以讓我借宿一晚，如果你願意」、「郵局怎麼走」；這些內容拜託丁香幫忙翻成法文，寫在筆記本上；然後在每一字詞下方，以KK音標註明相似的發音。他常常練習，旅行當中有機會就拿出來用；幾個禮拜後果真變得很溜順，彷彿是精通法語的人物；可是三秒鐘後就露出破綻了。

49

在巴黎剛好待滿一個月。他感激這個廠房的收留與照顧，以及每一位朋友的善意和情誼；是告別巴黎的時候了。離開巴黎的前一晚，他上3樓逢人就說「我要騎腳踏車旅行，到巴黎以外」；「喔！去那裡呢？」他聳著肩「我不知道，任何地方！」他很遺憾有一些朋友沒見到，不能親口告別。走進Party的房間，Rose和兩位男子在裡面，電子音樂淡淡地響著。一位名叫Doré從葡萄牙來的男子，今天又帶來很棒的大麻膏；他用燒紅的鐵絲，熱觸塊狀的大麻膏，冒出濃郁的煙，供朋友用紙管吸食享受。Rose用得差不多後，將紙管遞給阿沐；Doré教他如何深深吸入肺內，然後憋一口氣再慢慢吐出；讓大麻煙充分潤透細胞內。他對大麻一直沒什麼特別感受，他想這樣的方式是不是能進入神思迷離的狀態？於是他照做了。煙味確實很迷人；他持著紙管，對冒出來的煙猛吸，一陣子覺得夠了；Doré卻呼

著「不要停，繼續！」似乎要讓大麻滿滿的包住整個肺部。不禁地嗆了一下；他試著調息，讓吸煙能夠較穩定持久；再吸了三回，就把紙管交給Doré；他也跟著深深地吸了三四回，充分享受大麻帶來的愉悅。Doré在阿沐的筆記本上，寫了葡萄牙的住址電話及E-mail；他說「來葡萄牙找我，吃住沒問題！」

　　早晨，他用剛買的小瓦斯爐及大鋼杯煮茶，和高高的黑人Jaune坐在沙發喝著。Jaune擔心阿沐語言不通，會有很多問題；他笑著翻出筆記本上抄寫的法文基本語句，並且笨拙地嘟嚕嘟嚕念著。Jaune看不過去，教他念幾次；見他那麼遲鈍，悲觀地搖搖頭；後來也在阿沐的筆記本上寫了他的手機號碼。天氣變很熱，尤其在大廳的玻璃溫室裡，熱溫總要比外面高5度。俄羅斯先生在大廳的一隅，搭了一間克難的浴室；為了要測試排水是否良好，阿沐率先使用。洗了一場舒爽的涼水澡，換上一套乾淨的衣服，具有一種重新出發的象徵意味。費了一番功夫，終於把行李裝備在腳踏車上安置妥善；和俄羅斯夫婦熱熱的擁抱告別。牽著腳踏車臨行前，看見Rose拿著數位相機下來；她希望拍一張照片留念；阿沐怯怯地站在塗鴉牆前，望著深邃的鏡頭。

50

他想以一種隨波逐流的方式旅行；沒有特別想去那裡，會去那裡也不重要；然而，原則上他想先朝南方騎；這似乎是「怕冷耐熱」的體質，直覺性的取向。他沒有指南針，但印象中太陽是東出西下，而這時候是下午時刻，因此「只要碰見太陽就往左轉，一直下去就可以到南方了」；他想。腳踏車出了廠

房巷口，往大馬路騎；他按著自己所定的規矩，碰到太陽左
轉，碰到太陽左轉，一直騎；他的速度很奔放，心情很開朗；
許多路段街景的美麗，是過去未曾見過的；他不留戀也沒多看
幾眼，他告訴自己「今天要遠離巴黎！」

　　騎到巴黎邊陲地帶，他的眼前是長長的陡坡；陡坡吃力地
爬到一半，體力不支，遂下車用牽的。旁邊是一座森林公園，
牽到公園入口，看見一位年輕媽媽守著兩位孩童，清洗骯髒的
小手。他停下來休息，看見水龍頭，想再將水壺補滿水；他耐
心地等著小朋友洗手；媽媽微笑地看他一眼。雖然水壺裡的備
水還很充裕，但對前方的路途是不是能順利取到水，心裡隱隱
地不安；因此有機會，就將水壺補滿。上到坡頂看見太陽，再
次往左轉，進入了幽靜的住宅社區。沿途有腳踏車專用道的標
示牌，他名正言順地騎上專用道；停在十字路口，發現竟然還
有腳踏車專用的小型紅綠燈；覺得可愛，盯著綠燈亮起。過了
社區，過了荒涼的道路，進入綠油油的山間公路。陡陡的下
坡，寬敞車稀，給人一種暢快的自由感。迎面的風極為乾冷，
氣管顯得不舒服，不得不停下奔馳，從布袋內取出薄巾將嘴臉
包住，僅露出雙眼；像黃沙原野的鏢客。他很耽溺此時的情
境，覺得前方許多美麗精彩的際遇，等著他到臨。

之外

51

　陡陡的下坡無止盡，像要落入幽深的祕密山谷。途中聽到非洲鼓的聲音，他馬上緊急煞車，停下高速的車身；循著鼓聲往回騎，進入森林公園。一處寬大的涼亭下，一群年輕人聚集：二位男子打鼓，另一男子敲木琴和鑼鈸，一位女子跳舞，另一位東方女子在旁邊觀看。阿沐牽著腳踏車靜靜地進入涼亭的另一邊，保持距離專心地觀賞。他們練習著一種像印尼的傳統舞蹈和音樂。女子的舞步和手勢，大約有六種基本法，然後在結構內重複或輕微的變化。非洲鼓加上木琴和鑼鈸，音色顯得繽紛多彩，中快板愉悅輕鬆的調性，讓旁邊的聽者不禁地也想下去跳舞。像似告一段落，中途休息；幾個人在討論，幾個拿零食來吃；其中一位男子高舉著一盒餅乾，向他示意要不要來一點？他笑著客氣地回絕。一會兒，他們又繼續練習，女子的舞蹈突然停下來，糾正某位打鼓者的節奏；沒多久又再糾正一次。那位打鼓者似乎想玩自己喜歡的節奏，經過數次的糾正，他只好保守地配合著。中途，舞者邀旁觀的東方女子一起加入舞蹈；她的肢體僵硬地邊看邊學。阿沐拿出乾乳酪和麵包夾著吃，一邊觀賞整個過程。他喜歡這音樂，但覺得舞蹈太制式化，缺乏靈性。中途又休息一次，阿沐趁機主動過去問候，

彼此介紹握手。其中一位男子欣喜地說，曾去過台北，有一位
喜歡打鼓的台灣朋友；聽到這訊息，他的身體就不那麼矜持，
和眾人的距離更靠近。大夥都很輕鬆隨和，其中一位邀他加入
打鼓，阿沐婉拒；覺得這節奏無法勝任；但對音樂很有感覺，
想跳舞。他站在旁邊隨節奏微微動著；女子發現，笑著邀他進
來跳；阿沐靦腆地走進去，身體仍是矜持。他試著閉眼放鬆，
讓身體慢慢融入音樂；漸漸的身體愈來愈興奮，愈來愈興奮，
狂熱地跳起來。女子中途退出，站在旁邊好奇的觀看。一位打
鼓的男子覺得被影響，轉身背對著他繼續打。二十幾分鐘後，
大夥停下來，一位男子亮著眼睛笑臉看著他；似乎顯示打鼓打
得很爽快，反差了剛剛被制約的束縛感。女子過來客氣地讚美
他的舞蹈；但因他憋腳的英文，讓她顯得有點不耐煩。天色已
晚，眾人要打道回府。覺得很爽的那位男子，過來詢問連繫方
式，他表示這個時期真的沒有；於是男子留了地址電話E-
mail，他說如果旅行經過附近，請阿沐連絡他。他的家鄉靠巴
黎西北方的一個省區；阿沐心想著「也許吧」；亦期待旅途真
的會到他家附近。

　　今晚是離開巴黎的第一個夜（後來得知他僅離開巴黎市，
並沒有跨過巴黎省。）他決定留在公園內睡覺。大涼亭的位置
離馬路太近，他不想被突來的車流聲吵醒；為了要找理想的地

點,他騎腳踏車在森林公園內四處逛。心想這裡隔天清晨可能
會有慢跑運動的人;為避開可能的動線,他只能退到一處差強
人意的角落。天色更暗了;他和身旁的植物招呼一聲,表示要
打擾一晚;然後拆開嶄新的充氣睡墊,使勁地將之吹飽,鋪於
地面。卸下腳踏車上的行李裝備,準備好睡覺的器具。睡前在
原地進行打坐;他坐在充當枕頭的海綿墊上,閉眼靜心盤坐,
觀注呼吸。然而他聽到高頻不斷的蟲鳴,像海浪般一波又一波
地襲來;偶爾遠處的馳車呼嘯而過;有時旁邊出現細微的窸窸
窣窣聲音,像地鼠鑽出來覓食。他對一切生靈,持著敬畏和尊
重的態度;因此所有流過身旁的陌生聲響,都不會干擾他內心
的平靜。打坐結束,他鑽進睡袋內,一覺到天亮。

52

過了山間公路,恍惚地不知道怎麼進入農田的;之前的道
路上完全沒有記憶和印象;彷彿這段路程僅是一個小轉彎。阿
沐雙眼所及的除了藍藍的天空,就是農田;小麥之外,他不知
道其他是什麼農作物;遠遠的鮮綠、墨綠、正黃、淺橘,所構
成的高彩度色塊,非常的純粹,一點雜質都沒有;斜斜躺在丘
陵上,呈流線形的坡,一長條一長條的交錯一起。這種超級乾
淨的風景,像似小學生的美勞課,用色紙黏貼上去的。

　　過了一處農田，又是農田，又是農田；彷彿這區域是無人管理的野生草原。正在思及人類房屋在那裡的時候，終於見到了小農村；其實也不應該稱之為農村，就三戶農家而已。巨大的拖曳機停放在農舍內，一些不知名的農具散置各處。農舍旁邊即是住家。阿沐不能理解為什麼連農夫的房子也是如此美麗？是他異質的感受所造成的錯覺嗎？還是法國的美感教育已深及每一階層？房屋的造型、牆面的質感，屋外空間的規劃；與周圍的農田結合得恰如其分，和諧共榮；如果將兩者分開獨立，彼此就顯得平凡無奇；在一起就相得益彰。看見一排像防風林的樹木，他似乎聞到樹林傳來的河流氣味。果真是一條河。靜音緩緩的長河，面寬約8公尺，濃濁的灰綠像帶著泥沙一起流動；沿著河岸一條不寬不窄的泥石路，路旁一排整齊得像士兵的大樹，及帶狀的野花野草。河面及路面落差很淺，蹲身伸手即可觸到流水；對面堤岸的草叢，蔓生至水面邊緣；一隻肥大的鼠，在水面上游泳，一陣子又躲進草叢裡；自天上降落兩隻野鴨，悠然地逆水划動。阿沐也像水鴨一般悠然地逆水前進；沿途遇見釣魚人、散步人、跑步人、騎單車的人及對岸溜直排輪推嬰兒車的男子；他一律向各位呼「日安」。

　　這是一條很長很長的河，像從阿爾卑斯山流過來的水。阿沐騎在河道上，從一個村莊，又過一個村莊；他一直騎，心想

著是不是可以從一個省，到另一個省？在這優美如畫的河岸風光，他極為願意。傍晚時刻，河道上休閒的民眾愈來愈多，各種年齡層都有。法國人真的是愛好自然，又懂得如何對待自然的民族：不管是巴黎的社區公園，或郊外，有樹有草的路面，很少很少看到水泥或柏油這種東西；法國人知道植物抗拒這種不能涵養雨水的人工品。他們的善知善用，讓法國到處都是健壯美麗的花草樹木。天色已漸漸暗下來，他在河道旁找了一處可以晚餐及睡覺的草地；卸下行李裝備，攤開雨衣布鋪於地面，將睡眠的器具準備妥當後，拿出炊具，用米、大蒜、碎肉煮成鹹粥。「天氣轉涼，吃熱粥最棒」他對眼前熱滾的粥說著。天色應該超過晚上十點了，河道上仍有稀稀落落的慢跑人及散步的搭檔；阿沐碰到時，就道晚安；他們也回「晚安」，同時以鮮奇的眼光瞄一眼。也有人以平常的語氣呼著「用餐愉快」，阿沐笑臉說謝謝。

　　吃完熱粥，倒一些清水沖洗鋼杯的油漬，然後將油水喝下；用擦過嘴的面紙擦淨鋼杯。單車旅行所有的物資都極為珍貴；不僅因為身處荒郊野外而顯得稀有，更因每一分物資，都是一分重量，是雙腳辛苦載來的。吃完飯，他在河道輕輕散步一下，順便向附近的樹招呼一聲。又看到水鼠在河面上游啊游；不遠處又有一位慢跑人過來。他騎了一天的腳踏車，難得

有機會離開車子，兩袖清風地走一走。和慢跑人互道晚安，擦身而過；他走回睡眠基地。半夜，忽然被冷醒，發現睡袋怎麼是濕的？原來是夜露水氣；趕緊用雨衣蓋住。半夜的河邊氣溫遽降到很低；但睡袋蓋上雨衣，身體的溫度不易散失，很快就解除寒意。睡眠中隱約聽到一些動物在水面活動的聲音；好像有魚躍出水面、野鴨叫了兩下、及其他不清楚的短暫噪音。

被大大的太陽曬醒；忽然意識要趕快翻開雨衣，曬濕透的睡袋；拿出薄巾蓋住臉，繼續睡。耳邊偶爾聽到散步人及慢跑人經過。賴床一陣子，穿著睡袋起身坐著，迎面一對散步的老夫婦；他睡眼惺忪地向他們道「日安」；男人以不可思議的臉問「晚上不冷嗎？」他輕鬆地聳一下肩。呆坐一會兒，覺得應該起來動一動身體，弄早餐。取出在巴黎商場買的三合一麥片，加上麵粉，煮出濃稠麵糊；熱呼呼地吃著。吃完早餐打理好瑣碎，又踏上單車繼續往前。經過一個村莊，房子蓋在對岸的高處，樣子樸拙得蠻有趣味，就轉進村內逛逛。

53

村子很寧靜，腳踏車輪子輾過路面的聲音，顯得異常清晰。見到一位矮小的老人，從家中的小院子晃過。一戶離馬路不遠的人家，在翻修著房屋；兩位工人用空心磚搭建一片牆。

這裡房子的規格都小小的，重視實際的功能，少有裝飾性的手法；和阿沐過去所看過的法國民宅，是另一獨特的典型。公車亭上的廣告海報，其鮮麗時尚的畫面，像遙遠的世界；空空冷冷的公車亭，像是多餘的裝置物；這裡是孤芳自賞的遺落之地。沿著馬路騎出去，眼前是陡陡的下坡，他煞住停車；視線轉向右方，俯瞰一片金黃色的麥田；遲疑了一下，心想還是返回河道。除非經過村莊的連外馬路，致使陡陡的上下起伏一小下，河道的路面一直是平坦的，騎起來舒適毫不費力。然而河岸兩邊的地勢變化頗大。一開始他進入河道時，兩岸的地勢比河流高約五公尺；中途某地段，兩岸的農田與河面呈水平；現在的右方是深及一丈的谷地，左方是必須抬頭仰望的山丘。他剛從山丘的村莊回到河道，騎了一陣發現右方的谷地，遠處有一迷人的湖泊；不禁地急欲尋路前往。

經過農田，進入村莊。他在迂迴的社區道路隨興繞行，憑直覺的方向感一直騎，不清楚是不是真的能找到。過了一處小型的足球場，路似乎已經到了盡頭。遇見一位騎單車休閒的女子，和他一樣從外地來的；互道日安後，女子往回騎。他不甘跟著往回；忽發現旁邊的植物叢裡，有一條隱蔽的羊腸小徑；他試探性地騎進。路面崎嶇，藤蔓織成低矮的小隧道，像前往藏寶的祕密基地。走出小徑是另一個社區；經過幾戶人家，來

到一間具有休閒觀光色彩的店屋；門面彩繪一些樸拙的圖飾，一尊泥塑的黑人服務生站在門口旁，他的身前有一份menu。他看了看，價錢不貴；但門關著。店門邊一塊漂亮的草坪，有鐵絲網圍籬；圍籬前停了兩輛汽車；他牽著腳踏車繞過汽車，看見二位中年男人在下方釣魚；心裡暗呼「終於找到了！」

　　釣魚的人他不便打擾；沿著旁邊的小路牽著腳踏車走，一邊欣賞湖面風景。小路的地面長著淺短的草皮；沿路有幾處下湖面的階梯，及木製的泊船台；對岸是密實的森林；湖裡矗立一棵枯亡半傾的巨樹，一隻鸛鳥像哲學家般地佇立枯枝上；數隻不知名的水鳥在湖面上逗留，偶爾瞬間墜入湖中捉魚；水岸邊又見到熟悉的水鼠在奮力游泳；眾多見不到影子的鳥聲及蟲聲，漫佈整個湖泊。「今晚就睡這裡」他向自己說。小路的右側是湖泊，左側是一排配合渡假的露營區；營區的草坪上置著大帳篷及塑膠製的白色桌椅，以鐵絲網圍籬，區隔成一個單元一個單元。因非假期時段，露營區的設備全部孤單的閒置著。阿沐心裡猶豫著要不要翻過圍籬借宿一晚；掙扎一陣子，決定乖乖留在原地。將車子停靠圍籬邊；覓得一處好地點，帶著口簧及口琴下到泊船台。靜靜欣賞湖面風光，聆賞蟲鳴鳥叫。陽光漸漸轉為橙紅；那位哲學家仍穩如泰山地在枯木上，閉眼沉思。他試著用口琴以輕淡的旋律和這空間對話。

口琴吹奏停了半晌，突然聽到有人呼「晚安」，他轉頭回望；一位矮胖的中年男人；讚美了一下音樂，不知道繼續說什麼，就怯怯地轉身離開。阿沐很高興在這樣的地方能遇見知音，馬上繼續吹奏著。天色愈來愈暗，覺得再逗留下去，待會兒煮晚餐會很麻煩，隨即起身回腳踏車停放處。選了一隅較寬敞的地方，安置睡覺的器具；並考量不防礙明天早晨散步人的動線。一樣用鋼杯煮了鹹粥；在材料有限的情況，很難變其他花樣。一樣和身邊的植物打招呼；一樣睡前靜心打坐；但經歷昨晚河邊的一眠，今晚的睡袋先蓋上了雨衣。

54

在湖邊飽睡了一晚；吃完早餐，安置好行李裝備，即騎回河道；繼續前行。遇見造橋的土木工程而阻斷了去路；他還不想騎一般的公路，就下車步行，小心翼翼地繞過迂迴顛簸的水泥碎塊；回到正常的河道路面，再繼續前行。路經幾座小村，河道慢慢進入陰密的森林；經過一處灌溉渠溝的閘門，前方的路顯得更幽暗詭異。正猶疑要不要前進，看見右方有一條下山的小徑。他擔心車子一下去，若不對勁，要再爬上來很吃力；遂將車子藏在草叢裡，單身步行下去探路。出口是一條寬敞的公路；心想「就回到塵世吧。」

　　郊外的公路，上坡、下坡、**轉彎**，變化很多很大，無法像河道那般氣定神閒的穩定節奏前進。有時上坡的陡度不得不中途下車，氣喘吁吁地像一隻老牛在拖車；然而碰到長長的下坡路，心情就異常的愉悅暢快。這時，阿沐的心裡怨著「人的情緒怎麼可以被公路控制呢？」過一陣子，還是被控制了。想起佛家面對「無常」的平等心，確實是一項高深的修養。中途轉進一個可愛的小村，遇見一家小麵包店；開門進去，一位美麗宛若黛安娜王妃的女老闆，呼「日安」。他向她買一根棍子，然後拿出髒髒的水壺，用法語問「可以要一些水嗎？」她以迷人的微笑接了水壺；然後進入廚房灌水。他逛逛店內的東西，看能不能再向美麗的老闆買點什麼，卻只有各式各樣的麵包；洩氣地打消主意。老闆又是迷人的微笑，捧出重重的水壺還他；他鞠躬說「非常感謝。」

　　在小村裡繞了一圈，覺得沒什麼特別的，就騎到村落的邊陲地帶的草坪。鋪上雨衣在地面，拿出海綿墊當坐墊，以瑞士刀切一小塊乾乳酪，用剛買來的麵包夾著吃。陽光柔和但冷風有點刺；他轉個方向背著冷風，享用午餐。這可能是有史以來，阿沐吃過最好吃的麵包；是因為女老闆的美麗，添加了可口的味覺嗎？他訥悶不解；然而入口的麵包，外皮酥酥脆脆，內層的麵團香郁芬芳；有一種難以言喻的滿足感；即使冷刺的

風，颳得令人厭煩，仍無法干擾這種美味。本來想留一半給晚餐，卻不自律地把一根長長的棍子全吃光。離開村子前再買了一根，繫在車後的行李上。

55

在巴黎他託海棠幫忙買一張陽春型的法國地圖，一直放在布袋裡，還不曾真正拿出來用。他不知道自己現在所站的位置在何方；對地名路名不感興趣，也記不住；待會兒想去那裡？心裡毫無概念；要朝那個方向去？也不在意了。如果不小心騎到義大利或瑞士或比利時亦無妨。「天涯茫茫我獨行」這不是多年來心靈嚮往的境界嗎？他問著自己「然後呢？」僅是滿足浪漫的情懷？他覺得背後的因素並非那麼單純；似乎有個隱晦不明的聲音，隨脈搏鼓動著，催逼著他走出去找尋；像似有一個地方，有一些人在召喚他的魂靈。

胡走亂走一村又一村，每天的午餐及晚餐，餐餐吃不同村落的新鮮麵包。一餐吃一根棍子，每根70毛左右，約台幣30元；這是他首次發現唯一比台北便宜的食物。翻過一座山頭，來到童話般的谷地；遍野的綠草，繽紛鮮豔的花朵，幾匹駿馬在圍欄裡吃鮮草。陽光燦爛，風仍是冷冽。數天的曝日刮風，他的臉又紅又裂，不清楚是曬傷？還是凍傷？或兩者都有。

「冷和熱在一起，為什麼不能抵消平衡呢？」心裡怨著。連續幾天沒有在任何人類的屋子裡待過；他高興自己體驗了「以大地為床，天幕為帳」的灑脫逍遙；然而這無時無刻的冷風，他開始極度厭煩；心想，是不是找一家便宜的旅館，避避風頭？然後洗個思念已久的熱水澡；那必先騎到稍具規模的城市；然而自己身置何處？該往那裡去呢？身心一片茫然。

56

這是稍具規模的村子，不是城市；比一般小村，多一家咖啡酒吧及不太小的教堂；但他仍抱著微渺的希望四處搜尋，是不是有小旅館。發現一所像公益機構的地方，門口有一片公布欄貼著藝文活動的DM和海報，院子內一棟像社區禮堂又像室內球場的建築，另一棟兩層樓的老式房子，樓下的感覺像辦公室。他騎進院子內，發現裡側有一隅遮篷的停車間；貼住建築物的兩片牆，停了一輛汽車，靠牆的一邊空著車位。他下車走到裡面，沒有受風的感覺；欣喜地想，這可能是今晚過夜的好地方；但必須尋求這裡的負責人許可。看見一位少年走出來；他上前招呼，表示自己的意圖。少年進入屋內帶一位男子出來；後來知道男子是乒乓球教練，他們正在裡面練球。阿沐再次表示自己的需求；教練說他無法做主，但提供了另一處可能

可以借宿的地點。他似懂非懂地聽從路的走法,前去找尋;繞了一圈看不到任何跡象線索;再返回原處。少年見他又回來,即進屋稟報。教練請他在原地等一下,消失一陣子;再出現時,竟拿一堆食物給他。他感動的說不出話來,楞了一下,紅著眼眶說謝謝。然後教練又消失一陣子;他以為教練已請示同意,讓他在車篷過夜;遂著手張羅晚餐的瑣碎。他在別村剛買了義大利通心粉,用大蒜、火腿及教練送的牛奶,匯煮成鮮美的晚餐。正熱呼呼地享用時,教練帶了一位女士及先生來見他。他們的服裝及氣質,像地方官員;他們好奇地問旅行的事情,阿沐能說的都盡力說了;官位似乎較大的那位男士說「進入室內過夜比較溫暖啊?」教練說他沒意見。就這樣,阿沐進入一個超級大房間睡覺,並且用熱水洗掉多天承風受日的塵埃。

57

他記得剛離開巴黎時,天氣不是已經開始熱起來了嗎?這幾天怎麼會冷成這樣?拿著地圖請教一位路人,指出現在大概的位置,才知道自己胡撞亂闖,跑到了北部。他暗忖這樣不行,一定要往南部騎;在巴黎已經受夠了寒冷,不應該來北部再重覆一次。因此,他開始認真嚴格地遵循地圖的路線,往南

方前行；一反過去的隨興散漫，積極朝著目標趕路；想馬上甩
掉討人厭的冷鬼。還好他的位置，離巴黎不太遠；心想是不是
能一天內騎進巴黎市，然後回「華夏中心」休息個兩天，再繼
續旅行。

　　阿沐拚命趕路，但路程比想像中還要遠。進入了森林公
路，高聳的樹木將路面的陽光遮蔽，顯得陰森陰暗，氣溫也明
顯的低了幾度。過了森林，忽然發現騎小綿羊機車的一對少年
在身旁；阿沐向他們道日安；坐在後座的少年說了一些法語，
聽不懂；他想可能是問「從那裡來的」，於是用法語回答「我是
台灣來的旅行者」；少年又說了幾句，可能是問「要去那裡」，
於是他又回答「巴黎」。少年豎起大拇指，伸出手來，他笑笑地
跟他握手，他們即揚長而去。夜幕漸漸降臨，他不得不騎進一
處腹地頗大的社區公園，尋覓晚上過夜的地點。他在裡面慢慢
環繞，遇見三位少女正要離開；一位父親帶著小女兒在散步；
一群男子在邊陲的空地玩法式滾球。他選了一張空椅，煮熱
湯，一邊撕棍子麵包往嘴裡塞。冷風仍大，他用地圖的紙板遮
瓦斯爐的火苗，避免受風。眼睛再次環視四周，推敲晚上睡覺
的可能地點。他拿著地圖靠近玩滾球的男子們；掀開地圖請教
其中一位，確定目前的位置；他指出巴黎西北方的市郊。他吃
完飯後，天色更暗了；坐在椅上還無法決定那個角落，是最佳

的鋪床地。身體不管轉往那個方向，冷風仍無情地襲擊他的臉龐。阿沐起身，決定繼續趕路。莫名地冒出一股堅強的意志，「無論如何，今晚一定進入巴黎市」。終於，他進入了；感覺似乎還不太晚，街上仍有行人。巴黎是騎腳踏車的天堂，有專用的車道；非專用的車道也可以騎：大馬路、公車專用道、人行道、逆向道，都暢通無阻；如果膽子大一點，紅綠燈照闖不誤。他迎著凜冽的風，竟然汗水淋漓；很久很久沒有流汗流得這麼暢快；這像當兵跑五千公尺，中途很痛苦，但通過了某一點，就愈跑愈舒暢愉快。到了「華夏中心」是晚上1點半；黃菊已經睡覺了；客廳堆滿了各式各樣的行李，他想今晚不可能有床位，注定要窩客廳了。

58

在華夏中心的屋內，充分休息兩天。他仔細查看巴黎地圖，該如何從市區騎往南方；忽然好奇地圖上怎麼會有一塊面積很大的綠地？黃菊說是森林公園。巴黎市內有這麼大的公園很吸引阿沐，心想反正順路就進去看看。公園內分很多功能區塊，有大型的兒童遊樂場、運動休閒的體育場、強調園藝造景的小湖及一處功能不明的老房子，而面積最大的是自然森林。他以閒適的節奏，東逛西晃。隱約聽到非洲鼓的響聲，循著鼓

聲騎去；大草坪上三位男女青年圍坐著聊天；草坪旁一座半敞開的水泥亭，亭內五位男子熱烈地飆鼓藝。他停在不遠的大樹旁聆聽。中途休息時刻，一位男子不時地轉頭瞄他一下；他仍矜持地留在原地。他們的鼓藝確實是少見的精湛；多層節奏搭配得天衣無縫；一位鼓者扮演著打破制式的出軌人物，讓整體的鼓樂顯得自由而富靈性。他的身體細胞被音樂煽得澎湃激昂，卻一直壓抑控制著身體的蠢動；他怕唐突的釋放出去，會干擾他們的興致；按捺不住時，只能節制地讓身體在原地微微地動一動。夕陽漸漸退隱，一位優雅的女子從草坪上走入亭內，隨鼓聲輕輕地舞蹈。

　　天色微暗，兩位打鼓的音樂人離去；亭內氣氛變得鬆散。阿沐牽著腳踏車靠近，一位男子用手勢招他進入；他一一和各位握手。一位男子掏錢請另一位跑腿買飲料；男子問他想喝什麼？他說都可以；男子再問「啤酒好嗎？」他微笑說謝謝。一位阿拉伯裔的男子，拿起一具鼓問他要不要一起玩？阿沐靦腆接了鼓。他玩鼓三年了，都是一個人悶著打；他曾多次嘗試和別人一起玩，但總是變得保守內斂，呆呆地打幾個簡單節奏，缺乏變化；然而一個人在家裡玩的時候，卻顯得流暢自由，富層次結構。經過三年的累積，也成就了數種有趣的調子和技法；他發展出個人風格的節奏，有些朋友曾嘗試要搭看看，總

是中途放棄；最終還是他退讓，以呆板的節奏和大家混著玩。這次，他在異國異地打出個人的節奏；請啤酒的男子眼睛一亮，拿起鼓試著搭看看；比起過往，他搭得很好；但阿沐的節奏像似一堵高高的圍籬把人框住；玩一陣子，男子就中斷了。至此他覺悟：自己的節奏只能自己爽。

打一陣子鼓，突然想拿出口簧來現寶，當眾表演了一下。買飲料回來的男子，很感興趣，借口簧玩了一會兒。他拿到手的是一瓶黑麥啤酒，相當可口，很快就喝掉一半。有人打起鼓來，因啤酒的助興，讓他的身體很快放鬆，輕輕地跳起舞來；他閉起眼睛，細細地融入音樂及當下眾夥圍攏的慵懶氣息。夜風涼爽清新，森林的蟲鳴微隱地傳來。覺得自己待在法國一個多月，首次和這塊土地這麼親密而沒有距離；忘記了自己是外國人的身份。舞蹈的動作愈來愈大，手上的啤酒已灌光，他的身體開始放肆起來。已經持續近一個小時，鼓聲仍未停止，但僅剩下一具鼓在響著。他身體和精神已進入了神思迷離的狀態。似乎靈魂已經出竅，懸浮在上空，以清晰的意識在觀看那亢奮而張牙舞爪的身體；偶爾環視四周的情況。他回顧分析當時的狀態，覺得自己有兩個主體靈魂在合作領導那個身體；一個舞蹈的靈魂，另一個懸浮上空；上空的靈魂會視當時環境的狀況，隨時回到本體；例如將要撞擊別人的身體或牆壁時；因

此他可以閉著眼睛，舞蹈大動作於安全的範圍內。僅剩的一位打鼓者，感染了舞者的氣息和能量，不斷即興變化鼓樂與舞者對話。兩者之間似乎有一條線，緊緊連繫著彼此；每一瞬間的變化和反應，連貫得毫無秒差；像似每一動作的前一刻，彼此都瞭然於心。後來在某一點上，兩者同時停止；阿沐即刻回到正常的意識。現場靜默了幾秒鐘後，那位打鼓者眼睛閃著光輝，對他大呼「啊啦啦！」然後轉向另一側，對在旁觀看的眾人，又大呼「啊啦啦！啊啦啦！」

59

已深至半夜，大部分的人陸續離去，僅留下那位最後的打鼓者Marron，及優雅的女子Mauve。阿沐已決定留在這座水泥亭內過夜，所以仍和他們待在一塊；彼此幾乎沒有對話，幽幽蕩蕩地在亭內或草坪上走動。他拿出口琴對著黑夜飄飄渺渺地吹奏著。突然來了一位個子矮小，性情怪異的男子；一直黏著Marron和Mauve說話，他們仍靜靜地不吭聲。Marron來到他面前，問阿沐要不要去他家玩中國圍棋；阿沐感到驚訝但覺得無妨；雖然圍棋已是遙遠的記憶。然後Marron走向草坪上的Mauve說明自己的意向；Mauve向Marron似乎在抱怨什麼；幾句話之後，Marron和阿沐送Mauve通過這座大公園。臨走前他

覺得大夥這樣走掉，獨留那位性情怪異的男子在亭內，有點失禮；遂速速地取出一點食物，給他留著吃；他禮貌地婉拒；阿沐向他道晚安，即跟著Marron和Mauve離開。

　　Marron和阿沐牽著腳踏車，陪Mauve在公園內默默地走著。中途Marron突然騎到前頭的遠處，留他和Mauve單獨相處；他們倆仍是默默地走著。阿沐似乎感應到Mauve傳遞的隱晦訊息；他不明白是什麼；心裡忖思，會不會又招惹了情愛？當他跳舞很盡興的時候，很容易發生這種事。Mauve靈氣非凡，優雅美麗，他沒有理由不喜歡她；但他只能和她這樣默默地走著。臨別前Mauve又和Marron說了幾句，然後摸摸他的頭，親他的臉頰；也過來親阿沐的臉頰。

60

　　Marron的家就在附近；Mauve好像也住在公園旁邊。Marron將自己和阿沐的腳踏車，謹慎地鎖在人行道旁的花圃柵欄上。卸下一堆的行李裝備，夥同攜上公寓頂樓。Marron的公寓和海棠的家，可能是同一批建築；外觀和室內的格局都相似，只是有沒有電梯的差異罷了。Marron的屋內，像垃圾堆；電腦、空書架、雜誌書籍、音箱、電吉他、電動玩具、零錢銅板，及一大堆沒有印象的物品，站沒站姿，坐沒坐相地散播於

不適當或不可能的位置；打赤腳在屋內走動，頗擔心會不會踩到圖釘。Marron問他想不想洗澡？阿沐很高興他的善體人意；洗完澡出來，Marron在廚房弄吃的；阿沐向他示意可以幫忙；Marron放他一個人在廚房料理通心粉，換自己進入浴室洗澡。他從食物背包內，取出香菇加料，讓味道更濃郁。Marron和他熱呼呼地吃著通心粉，一邊下圍棋。圍棋是二十多年前的記憶，遊戲規則有些模糊，但仍然可以陪Marron玩兩盤；當然是輸得很慘。阿沐一直打哈欠，Marron說「睡覺吧。」

他在Marron家住二天三夜。他們倆用簡單的英語，加上紙筆畫圖，聊了很多。阿沐告訴他為什麼會來法國；也分享關於身體的神祕經驗。Marron告訴他一年前到土耳其旅行的經歷；目前沒工作，工作是冬天季節的事情。他們倆在垃圾堆的房間裡，玩音樂、抽大麻、打電動、看《駭客任務》第三集。阿沐說「我想念Mauve」，Marron問「喜歡Mauve？」他點頭；Marron說「我也是」。第二天上午Marron帶他到森林公園的祕密基地；是他和朋友升營火打鼓的地方；阿沐在這地方教他太極拳，Marron教他幾句重要的法語。下午Marron買了乾乳酪、肉醬罐頭、二根棍子、一瓶紅酒及四瓶啤酒，聚在前晚的草坪上享用。陸續來了幾位鼓友，Mauve也來了。她打赤腳拎著鞋子，從草坪的遠端走過來；服裝很鄉村，和之前淑女的形象判

若兩人；也比他想像中年輕許多，應該正值雙十年華。今天很少玩鼓，大部分在聊天；Mauve和兩位男子像在辯論一個很嚴肅的題材。Marron和另一男子玩雜耍棒子。後來Mauve拿出一種遊戲牌，和一位男子在草坪上玩；興高采烈的談笑聲不斷；他好奇地走過去瞧。撲克牌的規格紙張，每張牌繪著一種人物及情節，遊戲的人每取一張牌，即以牌中的人物和情節，予以想像並串接成合理的故事。Mauve很投入遊戲，說故事的表情很豐富；阿沐著迷地看著她的臉龐；覺得這草坪和旁邊的森林，被她的故事和笑聲，染了很多蕩漾的色彩。

61

Mauve要和他們回Marron的家；阿沐訝異同時也很高興。明天他即要離開繼續前進旅行，因此想煮中國菜請他們吃；然而超市已關門，只能在雜貨店買極簡單的材料，煮鹹粥。他在廚房裡忙著，Marron興致勃勃的向Mauve講話；像是說著這兩天和阿沐相處的糗事；Mauve不時咯咯地笑著。他煮了一鍋有點失敗的鹹粥，但他們很捧場，除了讚美也把整鍋吃完。Marron又拿出圍棋，阿沐和Mauve無趣地陪他玩幾盤。氣氛有點悶；Marron忽然想起有一片黑澤明的早期電影，是關於日本武士的黑白片；一位武藝超群，但個性耿直謙卑的武士的遭

遇。三個人蓋一條大棉被，坐在床上看；他和Mauve中間隔著Marron。Marron可能累了，很快就躺下想睡覺；阿沐無意中看見他的頭臉，故意貼靠Mauve的身體，被Mauve即時躲掉；Marron無趣地再轉回來。阿沐和她持續認真地看電影；倆人同時為某段情節大笑起來。其實他一直想轉頭看Mauve的臉，眼睛卻一直盯著電影螢幕；剛剛無意中看到的那個小動作，明白了Marron是愛著她。Mauve在阿沐伸手可及的地方，但他的手不能跨過Marron。

清晨醒來，發現Mauve正要離開，Marron送她下樓；他瞄了一眼，馬上又閉上眼睛，假裝還在熟眠。他們消失後，他在床上躺了一會了，即起身進浴室洗澡。走出浴室，倒了一杯水，走到陽台曬太陽。Marron回來，買了新鮮的法頌麵包；沖了熱咖啡，兩人在陽台上安靜地吃早餐。

他慢慢地收拾行李。Marron在陽台清洗一座空木櫃；似乎想開始整頓他那恐怖的房間。阿沐找了一張空白的A4紙，拿出黑色簽字筆，想畫圖送Marron。他坐在床墊上，隨興地塗，無思無念的畫；無意中發現抽象的畫面中，隱約顯出一位飄長髮的女人背影。Marron也發現了「是Mauve？」他聳聳肩「不知道，也許吧！」Marron問他要不要Mauve的電話？他搖頭「我想念Mauve的時候，會透過你找她。」臨別前Marron說決定要

去工作；他沒有多問什麼，心裡想，可能他也想去旅行，需要
一筆錢吧。Marron送他一個中國大陸製作的傳統陶笛；像加州
梨的造型，很大一顆；雙手握著與吹出來的音質一樣，沉沉
的。一位法國人送他中國的樂器，阿沐的心裡很恍惚。

62

　　再次離開巴黎。這一次他謹慎地看著地圖，往南方前進；
以最筆直的線前行；像切西瓜一般，要把法國地圖切成均等的
兩半；其實只有一個目的，想以最短的距離直達南部。然而過
程頗不順遂。他買的是陽春型法國地圖，每騎到小村小鎮，手
上的地圖就不管用了。心想如果有指南針，他甚至可以完全不
看地圖，直達南部。在密密麻麻的陌生字串裡，不停地比對路
標、地名；常常比對不出來的窘困裡，指南針太有效率了；且
輕鬆愉快。不可思議的，他每經過可能賣指南針的文具店、腳
踏車店、體育用品店、超市大賣場，全部找不到，問不到；彷
彿法國沒有指南針這種小玩意。按著公路路標指示前進，偶爾
會遭遇一種可怕的事件：千辛萬苦地騎到高速公路的入口處。
阿沐雖然常常膽大妄為，但騎腳踏車上高速公路他還不敢；況
且法國的高速公路是不限速的，想開多快各憑本事；時速160、
180是尋常的。他旅行這段時間，切身感受到法國大部分的汽車

駕駛，都很愛護騎腳踏車的人；碰到沒有號誌的交叉路口，一定禮讓腳踏車先行；在郊區的公路上，遇見腳踏車即馬上減速，然後跟在後頭，等對面車道無車時，再慢慢地並保持安全的間隔超車。他想，以法國這種傳統優良的習性，如果腳踏車騎上高速公路，豈不造成世紀連環大車禍。所以囉，阿沐只能乖乖回頭，再騎一趟冤枉路，另覓他徑。

63

在巴黎南方郊外的這段路程，很挫折；像夢魘一般繞來繞去，逃不出巴黎的牢籠。原本想筆直的往南方，卻愈走愈偏向西方。「只能順勢了，也許老天爺另有安排？」他安慰自己。在一片混亂的牢籠裡，騎進一個小村落。街道、房舍，舊舊老老的氣息，還蠻舒服的；就像一般鄉下的寧靜，一小時見不到一個人，或一輛車，也沒什麼稀奇。他停在一處像公園，又不像公園的門口；輕輕一瞥，一大片綠油油的草坪，及為數壯觀的樹群；樹幹的縫隙中，隱約看到像似古堡的建築。他感到意外；這不起眼的小村裡，竟暗藏這樣盛大的美景。看不到門口有管理人員，就不客氣地直闖；果然是一座古堡；古堡大門改裝成極具現代感的透明玻璃門，玻璃表面紋刻細白的草體文字。看見裡面的廣場有人走動，而大門也可以輕易推開；他暗

忖牽腳踏車進去，恐有冒犯，遂將車子鎖在外面；單身步行參觀。裡面一間圖書室兼小型的展覽室，展出這個村落的採礦傳統產業的歷史檔案；有古老的照片、文字資料及採礦工具的實樣；天花板很挑高，有一半的空間，改裝成上下兩層開放式的藏書室。他向女服務員問廁所位置，她說在樓上；廁所設備非常新穎高尚，且寬敞舒適；他趁機大小號一起解決。

走到廣場，看見兩位騎單車的民眾；他馬上回頭牽腳踏車；棄著行李裝備在外頭，心裡總是隱隱不安。過了廣場，目睹一棵靈氣逼人的神木；枝葉濃密的樹冠像綠色的海綿；幽微細密的龐然振波，像包容了數萬的生靈在裡面呼吸。神木旁一棟小教堂，擠滿了一群參觀的高中生；他探頭看了一下；裡面的彩繪玻璃，其藝術性不遜於巴黎聖母院。教堂斜對面一幢兩層樓的長型建築，裡面似乎有展覽，但海報的影像不吸引他，遂放棄參觀。他想趕快往南方繼續前進。走到門口，忽然聽到薩克斯風的吹奏；是極富實驗性的吹法；神經一震，馬上回頭瞭解是怎麼回事？想證實是不是自己的幻聽。

64

一個小舞團在神木下排練。一位女舞者及兩位男舞者以精靈的角色，與神木建立一些關係。舞者身著玫瑰紅的連身衣

褲，上身胸線，豎綴兩條海藻葉的花飾。音樂家借由小教堂的特殊空間，迴蕩出悠揚的薩克斯風；另一位音樂家用吉他及一些稀奇古怪的道具，透過效果器產生玄妙的音響。一位男舞者以特殊的裝置，讓他的身體飛躍於樹上與樹下之間；有時像蝙蝠般懸貼於神木的支幹下，或懸空倒立行走於支幹的下緣；一種反地心引力的驚人視覺。中途告一段落，一位影像記錄的女子，拿著DV攝影機拍他；他沒有逃避也沒有面對，視若無睹。舞團的人全數移動，不知道要去那裡；阿沐以為排練結束了。一位男舞者過來向他說幾句話，他聽不懂；大夥全消失後，他突然意會是轉移陣地到另一處。他依舞團離去的方向找尋，發現他們在草坪上的另一棵神木下。他進入草坪上；為這地方感到驚駭不已：超大面積的草坪、深不可測的森林、令人敬畏的神木、散置各處的古建築群；他不明白這是怎麼回事？這兩天的混亂，竟是要逼他走到這個讓人屏息的地方。

　　大草坪上的神木與教堂旁的神木，顯現的是另一種絕然樣貌；枝葉稀疏，支幹粗碩高大，部分支幹因耐不住沉重而彎折，垂於地面；像綠野上的一隻超級大章魚。舞者從草坪的遠端，一個一個走過來。男舞者閉眼走上垂於地面的支幹，右手扶著女舞者的肩膀前行，至頂方有另一支幹扶持，繼續閉眼上樹。女舞者再次協助另一男舞者上樹後，即走近觀眾面前獨

舞。兩位男舞者仍小心緩緩地閉眼前行於樹上；然而觀眾的焦點已轉移至女舞者的舞蹈。她以一種玄思深邃的表情，柔緩線條的肢體舞動著；感覺像中國的隸書。薩克斯風吹出蒼茫濕冷的調子，與舞蹈混搭成幽遠渺渺的詩境。女舞者至低垂的樹梢下，舞姿靜靜緩緩地降低至地面，最後平躺於草坪上。音樂馬上切換另一種調性，觀眾的視線被引至樹上高空的兩位男舞者；像兩隻巨鳥盤旋於稀疏的枝葉之間。音樂突然劇烈地紛亂躁動；女舞者瞬間起身，繞著神木狂奔；男舞者降至地面加入奔跑。漸漸地三位舞者情緒歇斯底里；女舞者在地面四處尋捉枯枝，往自己的身體塞；一位男舞者一邊奔跑時而騰空翻轉，時而翻轉於低垂支幹的前後之間；另一位男舞者眼神姿態恍惚空茫地在尋找出口。後來三者紛紛逃出神木的枝叢範圍到草坪上，背對著觀眾緩步慢行；女舞者的頭，頂著一塊腐朽的小木頭；三人的衣服慢慢脫卸至全裸，走向遠處的一端消失。

65

　　排練結束，舞團導演與舞者、工作人員，坐在另一塊草坪上討論。中途一位工作人員帶香檳、紅酒及餅乾加入；氣氛變得比較輕鬆。一位男舞者邀他一起圍進來，並倒一杯紅酒給他。阿沐聽不懂他們的語言，仍認真地傾聽著，並觀察每一位

的肢體表情。舞團每一位成員的年齡相仿,約三十歲上下。導演是一位面相奇特而可愛的女子;說話速度很快,語詞出現「喝」的音特別濃重,朗笑起來也是「喝‧喝‧喝」;而這個音是初學法語者,最難發出的。女舞者的面容有中東的血統,眼睫毛很長像洋娃娃;在舞蹈表演過程,似乎有一些困頓障礙;說著說著不禁哭泣起來。一位男舞者像電影名星般的俊美,待人和說話都非常的紳士,聲音很好聽;是那種會迷倒眾女的男人。最後一位男舞者,樣子很頹廢,衣著面容都髒髒亂亂的;眼神微微憂鬱,各方面的表面態度顯得低調,卻是最常關照阿沐的人。負責影像記錄的女子,頭髮灰白,看起來年紀稍大;待人很隨和,笑聲很響亮。服裝設計師是中國裔的女子,不會說中文;含蓄的微笑常掛臉上,沉默寡言;面對事情的眼神很專注。討論結束,導演問他要不要一起吃飯?他很喜歡每一位朋友,就開心地跟他們走了。

　　這是十七世紀建設的古堡園區,像某位王公貴族的住所;現在由某基金會接管;主要以現代美術展覽為媒介,吸引大眾參與,音樂表演次之,偶爾舞蹈表演或戲劇表演。阿沐認識的舞團,即是該基金會邀請進駐園區,與某一空間對話而產生一個作品;舞團選擇了那兩棵神樹。在園區內舞團有一棟專屬的房子,裡面有一間大廚房、客廳及放道具的地方;但睡覺在另

一區宿舍。阿沐以爲要一起到外面吃晚餐，卻是來到這個大廚房。幾個人回宿舍洗澡，幾個在廚房做晚餐；他自告奮勇貢獻二道菜。食物很多樣化；主菜是現烤的綠花椰牛肉派，其他有火腿、麵包、巧克力水果聖代、紅酒；阿沐呈出小黃瓜炒碎肉及番茄炒蛋。

　　吃飯很隨興，先到的人先吃；但會保留份量給後者。大夥一直說話，東南西北的聊。阿沐想到一個餘興遊戲：拿竹片口簧給大家玩；他教大家基本的彈撥技巧，每個人輪流玩；有些人的狀況很滑稽，爆滿的笑聲溢出了窗外。導演說他晚上可以睡這裡的客廳，冰箱的食物隨意取用。他心存感激地留下來；在這美麗的古堡住了三天。

66

　　隔天早餐後，頹廢的男舞者Bleu、影像記錄的女子Blanc，邀他一起散步。進入一條森林步道，沿途遇見許多戶外的藝術裝置作品；部分是常態的地景藝術；有些是針對這一檔的主題。屬於影像裝置的作品，大規模置於長型的大房屋內，少部分散置森林步道沿途的小建築空間。此檔的主題跟「體育運動」有關；作者們居多以遊戲的角度，牽涉運動的虛擬影像、運動迷的現象、運動者與被運動者的錯置等等。Bleu和Blanc的陌生

眼神，似乎也是首次走這一條步道。因過程有許多新鮮有趣的東西，而且步道的景致怡人，他們走了近2小時，仍不感到疲累。走到較原始的森林處，Bleu拿出素描簿，隨興地勾勒植物的小局部。走著走著，阿沐輕輕吹起口琴，斷斷續續的，就像Bleu的素描。中途Blanc要回去，剩Bleu和他繼續。一條小溪裡，一群小學生和兩位老師，在進行戶外自然教學；學生撈起黑色的稀爛泥，從中篩出小魚、小貝、小螺。經過一片荒草地，遇見三隻野鹿；牠們發現有人靠近，即竄逃無蹤。

舞團正式演出結束後，在廚房後面的草地辦Party慶祝。進出就在廚房的窗裡窗外，爬上爬下；很忙碌的樣子。來了很多很多朋友；人多的場合，阿沐總會顯得焦慮想逃離。做完一道大蒜胡椒肉片，吃一點東西，就把Bleu拉出來；表明想即刻走人，請他代阿沐向各位道別。Bleu說今晚要去巴黎市，問他要不要一起？他說，剛從巴黎出來，不想再進去。Bleu家住南部靠西班牙的一個省；心想很有可能去找他，留了E-mail即告別閃人。

67

離開古堡園區時，天色已暗下來，道路兩旁都是森林，沒有路燈照明，黑漆漆的。他停車按下腳踏車附設的探照燈的小

發電機；車輪轉速愈快燈光愈亮；一條光束射得不遠，但前進
行駛沒問題。阿沐的精神體力充沛，心想可以騎久一點，不必
急於找夜宿的地點。騎了一個多小時，進入一個農村；所有事
物都已沉睡，萬籟俱寂，聽不到打鼾聲。經過一處舊舊的小教
堂，過了一段路，心想「就睡那裡好了」，馬上轉彎回頭。這個
老教堂的結構頗有趣味，房屋的柱子反常態的建在屋牆外；柱
子底部超規格的寬大，以15度角斜昇，愈上方愈窄；從建築外
觀看起來，像一件衣服反穿而外露凸起的縫邊。從牆面的質感
判斷，歷史應該超過一百年以上；那個時代有這樣前衛的手
法，頗令人欣賞，尤其在這不起眼的小農村裡出現，更讓人嘆
服。然而也有可能是阿沐見識不廣而大驚小怪。教堂矗立於三
叉路口，左邊是一區民宅，以一堵半弧形的高牆圍隔；牆面有
藤蔓植物攀爬著；圍牆與建築主體之間，一塊面積不大的草
坪。他將睡墊鋪在裡側的牆柱之間；因牆柱面寬，從外觀看不
到裡面藏一個流浪漢在睡覺。

68

脫離大巴黎的牢籠之後，往南方的路程就變得順心順暢；
對地圖上的標示已能明確的掌握；也知道如何避免騎至高速公
路的交流道；然而最主要的得力助手是指南針。他在一座小城

市，專賣打獵的用品店發現的；在店門的展示櫥窗內，放在獵刀、望遠鏡的旁邊；以9歐元購得一具頗專業的指南針，心裡覺得很值得。他攤開地圖，指定要去的地點和方向，按著指南針的指示，他可以在城市裡的大街小巷，東鑽西竄亦不會迷路；能以最短的距離，百分之百到達任何地方。

連續一星期，阿沐以每天70公里左右的速度前進。在省道公路上，每時每刻都是怡人的風景；到後來對風景的美麗，顯得愈來愈麻木；可能是同質性太高了；80%是農田，19%是森林，1%是農村民宅。想起來，法國真是個農業大國；得天獨厚的良好氣候，水資源似乎也不曾匱乏，造就了這樣的環境。他學的那句法語「請問有空地可以讓我借宿一晚嗎？如果你願意？」極少有機會用上。他大部分選擇森林裡過夜，不得已的情況才睡社區公園；每夜都睡得很舒服，沒必要唐突地打擾別人。法國人對旅行者很禮遇，飲水一直不曾短缺過；有些家庭會從冰箱裡，拿出最高級的礦泉水，倒進他那髒髒的水壺內；有一次臨時停在路旁喝水，後方遠處一位老婦人對他喊著「要不要補水？」；開車郊遊的年輕人，半路開回頭拿啤酒請他喝。那麼多那麼多的人情溫暖，再多汗水也不覺得辛苦。

洗澡是一個大問題。要一壺水很容易，要借浴室洗澡，他實在開不了口。只能碰碰運氣找有附設公廁的公園，然而這機

率奇少；不明白法國爲什麼對公廁這麼吝嗇，市區、郊區亦然。天氣變得燠熱，曬太陽加上運動，不滿身大汗頗難。連續4、5天沒機會洗澡，身體皮膚還受得了，頭髮的皮膚就難耐了。他留一頭長髮，兩年不曾理髮梳頭，致頭髮糾結成一團，及幾束像草繩的髮繩。他臨時買了一把剪刀，決定在公園裡的一棵老樹下，忍痛把長髮剪掉，保留一公分的短髮；一堆髮屑就埋在老樹下，僅留那糾成一團的髮結當紀念。會選擇在這一公園斷髮，是看中它有公廁，可洗頭擦澡。他首次自己剪髮，而且沒有鏡子可照的情況下解決；以手指夾髮，剪刀刀口貼緊手掌背，憑觸覺動作；儘可能修得均齊；他的身份、長相已經夠特殊了，不想剪一個怪頭嚇法國人。

食物的補給，不曾碰到什麼困難；僅發生三次，沒注意到星期日不營業的問題。法國的連鎖型大賣場，多數設立在地廣人稀的郊區；因此阿沐每天的路程，平均會遇到二家以上。一般家庭要開車，專程來大採購，而他都是路過順道，買個兩三樣東西。這對他的旅行是很棒的待遇，可以買到便宜又優質的食物。每天吃好睡好，即使大耗熱量的運動，三個月下來，竟胖了六公斤；這對他是很大的突破，十年來不管如何大啖食物，他總是維持在59公斤上下。這樣的旅行方式，三個月的生活費耗資不到五萬台幣，其中還包含一萬台幣買腳踏車及裝

備；這應證了在巴黎時期，鼓勵自己「錢不是問題」的觀念。

69

騎了一大段田野公路，進入一個村莊；就像他所經歷的任何一個村莊一般寧靜，車少人稀；然而他隱約感受到這裡有一股貴族的氣息，不明白這訊息從何而來？是人的感覺？房子的樣子？教堂？還是街道？表面看都沒有什麼特殊之處，但還是有那股隱隱的氣息。他停坐在教堂前小廣場的一張公共座椅上，拿出麵包來啃，一邊張望四處。一位年輕的父親騎單車，載著小兒子過來和他招呼。阿沐用法語介紹自己之後，再用法語問問小朋友「怎麼稱呼你呢？」他有點害羞，眼睛看下方不回答；父親在旁鼓勵他說話，阿沐用小指頭輕觸他的身體，逗弄他；笑了但仍不說話。父親用法語問一些問題，他慌忙地用英語表示法語還不行；然而父親的英語程度並沒有比他好，所以兩人支支吾吾地對得很辛苦。他秀出達賴喇嘛的傳記書籍，向阿沐表示極仰慕這位尊者，並說最近在學習打坐。阿沐覺得也許可以和他交流一些東西，於是問「你家有空地可以借宿一晚嗎？」他眼睛一亮，說他不能作主，要回去請示老婆；請阿沐在這裡等一下，他速速快回。

他在廣場上等一個多小時，沒見人影，心想可能出了一些

狀況。天已黑了，並且下起毛毛雨，於是躲進廣場旁的公共屋
亭，並且在裡面起爐煮晚餐。屋亭旁一棟兩層樓的老房子，門
牆外貼著美術展覽的DM，感覺像藝文空間；但門一直緊閉
著。阿沐想討一些水，補滿水壺，順便探個究竟。開門的是一
位中年女士；她似乎早就發現阿沐在屋亭內，接了水壺還問他
要不要熱茶？心想正在煮熱湯就婉拒了。女士去倒水時，他環
視屋內；擺滿了中小型各式各樣的人物雕塑；一位年輕的女子
及一位中年男人，用陶泥各塑著一尊人物；感覺像工作室又像
成人的美術教室。晚餐用畢，他拿出Marron送的陶笛練習吹看
看；它像洞簫一樣難吹，嘴唇似乎要對準某一角度，且吹氣要
很平穩才會出聲。他一直對管樂很遲鈍，且缺乏耐心，看來他
和陶笛的際遇也是如此。這裡偶爾會有汽車從旁駛過，輪胎輾
過濕濕的路面所發出的聲音，讓人有種莫名的焦慮感；像害怕
飛濺的水漬，會擊濕渾身。一輛汽車停駛過來，他以為是附近
的居民，下車的竟是那位父親；他的短髮變成光頭；「難道他
要追隨達賴喇嘛？」阿沐心裡胡思亂想。他抱一堆食物給他，
其中有一罐熱燙的巧克力，透明保特瓶禁不起高溫而扭變了
形。他說老婆不同意，阿沐說沒關係，可以在屋亭內過夜；他
說明天早上會再來找他，阿沐說明天見。

　　阿沐在屋亭內等到中午，沒看到人影；心裡揣想他們夫妻

俩，為他這位陌生的異鄉客，恐怕發生了不少口角衝突吧？他去街上的麵包店買一根棍子，再回到廣場屋亭探探；還是沒有人影。「看來是沒有緣分囉！」他對自己說了即出發繼續往南方。

70

熱滾滾地煮著大蒜牛奶培根通心粉；旁邊的座椅，一對黑白對稱的情侶甜蜜地談情說愛（黑男人與白女人）；在碧綠河濱的草坪上。食物的香味，引起他們轉頭對阿沐微笑的一瞥。河濱公園的中間，圍起一圈兒童嬉戲玩樂的軟砂地，砂地上置著一座船型的捉迷藏空間，及溜滑梯。公園旁的小學生校園，傳出朗朗的廣播聲，像熱鬧的運動大會。幹光了通心粉，他滿足地坐在椅上欣賞河岸風景。廣大的草坪以斜緩的坡度，銜接河面。一位媽媽牽著剛會走路的小孩，靠近河面，鼓勵小孩主動碰觸河水。遠遠的對岸，幾隻白天鵝在游動。他突然忍不住想大便；穿過邊陲的植物叢，試著尋找隱密的施肥地點；發現拱形的橋墩下很不錯，但過了橋墩有一條小徑，不知道通往那裡；他看了看覺得這時候應該不會有人走這條路；於是在泥地上，挖一個足以掩埋而不留痕跡的小坑。挖坑工程完善後，即迅速脫下褲子，排出三天來囤積在大腸內的穢物；臉上洋溢著

幸福的表情。忽然聽到，那應該不會有人的小徑，腳步聲從後方靠近；但粗碩的便條，仍持續排出難以克止；心想「好吧！請彼此接受這個事實。」他轉頭望，是一位高壯的中年男人；走到身旁時，他悶氣叫了一聲「對不起！」同時又擠出了一條；男人回說沒關係，泰然自若地走掉。

　　排掉五公斤的宿便，身體覺得輕盈許多；他走回原來的位置，心想今晚就在這裡過夜；同時暗忖那孩童在玩耍的船型空間，尺寸是否能容下他的睡姿。一圈軟砂地的爸爸媽媽及小孩走光之後，他靠近這船型的裝置物；假裝在研究它的建築結構及細節，順便目測空間的尺寸；覺得不錯，睡在裡面除了掩人耳目之外，可以擋掉不少冷風。他靜靜地坐在椅上等天黑。公園上的人影都消失後，他還沒有睡意，拿出口琴隨興吹著。來了一位高壯的中年男人，他認出了是那位不期而遇的目睹者；老男人看起來快60歲了，但身子仍很硬朗；兩人坐在椅上聊起來。他說來這裡，在等一位女人；阿沐看他活到這把年紀，仍不放棄愛情，心生讚賞。老男人一邊說著，一邊張望四周，等赴約的女人；他能意會他的語言很少，但仍興致盎然地傾聽著。他教阿沐說一些以前學過，但老是記不起來的法語單字。老男人說可以幫他介紹語言學校，同時在筆記本上留下明天見面的地址。他忽然發現遠處有一位女人的影子，迅速地跑過

去；阿沐輕輕望一下，又拿起口琴繼續吹著。

老男人走回來，失望地說沒有成功；大概的意思是價錢談不攏。他恍然明白，並非自己想像的那種浪漫約會；過去曾耳聞巴黎的夜晚森林，也有這種交易文化。他試著用很笨的英文安慰他；老男人說他的生命，最重要的只有三件東西：女人、錢及家庭。阿沐吹一段口琴給他聽；突然聽到後方出現巨大的噪音，回頭看是一輛水車；工人握著大龍頭往大樹噴水，整棵整棵的噴；後來覺知這不是一般的水，是農藥；兩人慌忙地趕緊逃離現場；奔跑時，老男人回頭伸手指著他，喊著「明天一定要到那裡！」他多這一句話，打消了阿沐原本想去的念頭。

71

他騎著夜路，提前往明天要去的小城CORBEIL。一個小時就到達城裡最熱鬧的街。令他意外地，已經超過12點的時刻，路上還有不少行人，並且有些商店仍開張著；與法國其他地區相較，CORBEIL小城的迥異活力，讓他刮目相看。阿沐不想多逛，只想趕快找到公園躺平睡大覺。很快地，他進入一座規模不小的社區公園；彷彿他有異於常人的特殊嗅覺，能夠聞到樹的氣味。每當進入一個城市，他總是輕易地到達公園，連問都不問，好像本來就知道在那裡。這個公園像法國任何地方的公

園，基本的元素都具備之外，多了一座像台灣小學的操場司令台；除了尺寸略小，其建築造型、使用的建材、建造的手法都很像；連牆壁被小朋友胡亂寫字塗鴉的樣子都像。他二話不說，馬上將睡具鋪在司令台裡面；腳踏車放下面不安心，也跟抬上來；速速地就寢睡覺。

　　半夜恍恍惚惚地被人們講話的聲音吵醒；聲音很清晰，像近在身旁；朦朧睜開眼睛，看見三位男子圍站著，其中一位轉頭對他俯視微笑；他又朦朧閉上眼睛，他們的談話仍繼續著；感覺像睡在朋友家的客廳，而大夥的話題尚未結束。早上醒來，在公園內打了兩場太極拳，回到司令台做早餐。陸續有三三兩兩的運動人、散步人；因他處在公園內最明顯的位置，引起眾人的目光；彷彿他在做街頭表演；還好法國人很注重禮貌，盯人不會太久。路過司令台比較靠近的人們，他一律向大家道日安；他們也都親切地回了禮。

72

　　一條特別寬敞的省公路，過往的車子很少；左邊一片密密的森林；右邊遠處散落一棟一棟的民宅，近處是一些中小企業的辦公建築；路邊一家專賣比薩的餐廳；臨時攤販的篷架，空空地佇在公路上的一隅，像是每天上午專賣蔬果魚肉的小市

集。他騎在靠森林這邊的腳踏車專用道；遇見兩位步行的少女，一臉青春的憂鬱，像在互傾著彼此的心事。森林邊緣不時出現入口小徑，經過第三個入口之後，他對自己說「如果還有入口一定進去」；他進去了。

在法國的森林裡騎腳踏車，是一件極愉快的經驗：路勢平坦，少有起伏顛簸；在迂迴的小徑奔馳，叢林的枝葉藤蔓快速地從眼旁，溜成一條斑綠的拖影；感覺自己像一位策馬入林的古代盜賊。路經一條筆直平滑的泥石路，面寬剛好可以讓一輛小轎車通過，路底幽深似無止盡。他掏出指南針「嗯！方向可以」；暗忖這片浩大的森林，是不是能讓他騎兩三天？從這個省到另一個省。太陽已下山，他騎到一處邊陲地帶；粗碩高聳的樹群，幾棵樹木的幹圍，兩位大人恐怕還無法合抱它的腰身。中間一塊空地，留下一堆枯木及黑炭，是前人營火的餘燼。不遠處有幾戶民宅，顯露在樹叢的縫隙中。一位健朗的老人及一條狗，慢跑路過他可能的露營基地；他們互道了晚安。

他選一棵最老的樹，蹲下身拾起一片落葉，將葉片放於掌心，貼靠心臟位置；另一手掌貼住老樹樹幹，對它說「今晚我可不可以睡在這裡？若可以，請顯示葉片的正面；不可以，顯示背面。」然後凌空丟去，看葉片落下的顯示；如果不可以，他會另覓他處。這是他每次睡在樹下，除了打招呼之外，必定

要做的請示。不可思議的，不管在那個森林或公園，用當地不同的葉片，每次請示，都顯示正面；做到第七次之後，他覺得這道程序可以省略了；直接打個招呼，並宣告自己的需求，即鋪上了睡墊。他一直受到樹的眷顧；在台灣，在法國都是。覺得自己的某一前世，應該是一棵樹；因同族血源的關係，所以他特別能感應樹的訊息，並承接它授予的能量；在各地的樹下睡覺，總是平安無事，且舒適飽眠。然而，目睹人類無故摧殘樹木，也特別感到忿恨不平，悲傷難抑。

73

他又進入一座記不起名字的小城。一條特別熱鬧的街，應有盡有的百貨商品，一家西式餐廳，一家中國餐館。路街狹窄，不到十輛的汽車，就輕易地堵到街口。路是往下的斜坡，他穿梭在車的縫隙，與窄小的人行道之間。就這樣輕輕地抹過一條小街，象徵著「到此一遊」的印記；像一條狗在路燈杆撒一泡尿，留下氣味的印記。本來想這樣滑溜下去，接上省公路；中途發現右下方有一個地道；「地道」對喜歡探索尋奇的傢伙，總是一種無法抗拒的魅力。他轉彎滑向地道，進入一處像運河碼頭的寬闊水泥地；沒看到半艘船，卻有很多輛汽車停在水泥地上。仔細瞭望，發現這並非是一條河，而是長型的湖

泊；然而吸引他眼睛注目的是湖泊對岸，像一座小島的森林。

74

尋路進入湖泊森林，爬過一座木製的小拱橋，銜接一條泥石小徑。前方一群人在湖邊飲酒縱歡，烤肉唱歌；是義大利裔的一家人，三代同堂的聚會；響亮的拉丁音樂，從汽車音響播出來。他不明白汽車是怎麼開進來的？一位男子隨著音樂一邊高歌，一邊跳舞；見他牽車經過，熱情地打招呼，他笑笑地回了禮。沿著岸邊小徑繼續前行，發現前方又有兩群人，「好熱鬧的湖岸啊！」他不想再往前招惹目光，轉頭往回走，停在兩群人馬的中間空地；但他喜歡義大利這群人，而靠近他們的地盤。他取出雨衣鋪在草地上，拿出食物和眾夥一起享受湖邊野餐；打開瓦斯爐煮一杯茉莉綠茶。義大利爺爺禁不起湖泊的誘惑，穿著內褲跳下水游泳，一家人大聲吆喝著；熱情的義大利爸爸，拉出女兒一起跳舞；右邊另一群人傳出了女高音的歌聲。

傍晚時刻，眾夥陸續離開；阿沐想留下來過夜，就繼續待著。天漸黑了，他在義大利人留下的地盤，鋪上睡具；拿出竹片口簧，彈撥音樂。不久，來了一對母女，在左邊不遠的地方野餐；母親一直握著手機，講個不停，女兒靜坐一旁吃食物。

阿沐就寢後，右方的湖岸又來一群人，但聲音很遠；而那對母女似乎已經消失。在睡夢中，他被嘈雜的人聲吵醒，這群人離他太近了，吵聲無法再入眠。「今天是湖泊節嗎？政府規定每個人都要抽空來親近嗎？」阿沐在心裡怨著。然而怨氣似乎沒什麼實際功能；他想「就順勢來認識這群新朋友」。

75

兩位男子年約20歲，一對男女情侶年約16歲。他上前和他們一一握手，並介紹自己；也問了每一位名字，但記不住。眾人升起營火，喝著啤酒、抽大麻、聽電子音樂。音樂是從卡帶收錄音機播出來的；他首次聽到電子音樂是從這麼低限的音響設備冒出來，覺得很好玩；強調高音晰厲，低音震撼的電子音樂，進入老卡式的小喇叭，顯出一種迷濛的夢幻感。營火愈來愈小，他自告奮勇帶著手電筒去找乾柴；湖岸的乾柴已被野餐的人們用盡，他不得不爬上小徑至別區尋覓；發現一條產業道路，明白了汽車是怎麼進來的；沿路收穫很少；發現一棵被鋸倒的枯木，其巨大再來三個人也抬不動；失望的走回去。一位較木訥的男子，爬上岸邊一棵枯亡的樹上，折枝幹，險象環生。小男生抽著大麻，跟著低傳真的電音節奏跳舞；阿沐也下去跟著跳；小男生遞大麻給他，他抽了幾口，再還他。酒喝光

了，水也喝乾了；他想起水壺還有不少，就貢獻出來倒入他們的保特瓶，倒了一些，女生喊卡；她可能覺得阿沐的水太珍貴了，不好意思；他不在意，繼續倒，她又喊卡；他想好吧就這樣。

突然下雨，愈下愈大，大夥慌亂地逃離；他跑回睡袋內，把張開的雨衣布蓋上全身及裝備。登山背包側放在後頭頂，其水平高度可以撐起雨衣布，略高於臉部，以保持呼吸的空間。斗大的雨滴，隔著雨衣布在臉部上方3公分的距離，嘩啦啦擊落；而臉部之外的身體是零距離的打下，感覺像SPA水療。雨滴擊落的聲響，紛亂中有一種催眠的韻律，不久他就睡著了。天亮醒來，是燦爛的陽光，周遭的景物濕濕亮亮的。他的睡袋及其他裝備都還好，僅是微微的濕度。吃完早餐收拾行李；也把昨晚朋友留下的垃圾一起帶走。掏出指南針，對準南方繼續前進。

76

在一條左邊是農田，右邊是住宅社區的公路上，發覺車子的後輪很不對勁；心裡輕輕地暗叫「終於來了，破胎。」他當然不喜歡破胎，然而心裡卻微微期待著；這感覺像某些女人，明知生小孩會痛，會辛苦，仍然期待「至少要來那麼一次！」

騎單車的旅者，至少要親手補一次破胎；似乎要經歷這樣的儀式，才真正完成騎腳踏車旅行。小時候騎腳踏車，長大騎摩托車，看過師傅補胎無數次；他每次都專注觀看每一動作，每一細節；經過漫長的歲月，終於有機會親手為自己補一次破胎。他取出工具將外胎剝離金屬輪圈，抽出內胎打氣，用一個硬質的塑膠袋裝水，將飽滿的內胎放入水中，探尋漏氣的可能位置；發現了一處微小的漏氣氣泡，然後將破洞位置以砂紙磨出一小塊面積，貼上膏藥；最後再用手指探觸外胎內層，尋找兇手；很意外地，輪胎繞了兩圈，竟然找不到；心想算了，兇手可能畏罪逃離。將內胎外胎歸位復原，拿打氣筒灌氣；他一直灌，一直灌，手臂已痠到無力，竟然無法將輪胎灌至「硬飽」；三十幾公斤的行李，加上六十公斤的體重，沒有足夠的胎壓，很容易再破胎一次。他後悔因貪便宜，買一個像孩童玩具的迷你型打氣筒。

　　他在路旁的公車亭內，進行補胎工作。亭內一側的厚玻璃牆，不知什麼緣故被砸碎，玻璃碎屑散落滿地。拚勁打氣灌氣，仍無有效的進展，他累得坐在公車亭的木椅休息。看見一位少女後頭緊跟一條大狗，在對面田埂旁的草地散步；停在他視野的正前方；少女突然轉頭對著大狗咆哮，歇斯底里的吼著，吼著；走了幾步，又轉頭再來一次；大狗仍靜靜地緊跟著

她。他凝視一會兒，回到亭內滿地的玻璃碎屑；忖思這地方是怎麼了？累積這麼巨大的黑暗能量──休息夠了，他再試了三次，仍無法克盡全功，無奈地放棄；只好雙腳提氣，使用輕功慢慢騎，往前方尋求支援。幸運地，僅騎一公里，就遇見了加油站；馬上跳下車，雀躍地使用附設的自助型打氣設備。

77

　　進入ORLEANS這座城市，是他個人經歷僅次於巴黎的大城。心裡有一些期待；不知道會有什麼際遇？或認識什麼朋友？阿沐從一條上昇斜坡的巷道，牽著腳踏車走進這個城；地面的石磚被無數的雙腳磨得灰黯光滑；沿途低矮的老房子、老教堂、小街小巷，像是這座城市第一代先民的遺址。愈往前走，顏色愈亮，馬路愈大，房子愈新，人愈多；像踩著一條有刻度的歷史地板。這個城市有四通八達的電軌公車，也因為有這種公車，馬路的景觀顯得很不一樣；所有的人啊車啊，都跟著慢半拍；它不像巴黎某些區域，因為很多觀光客而閒適的那種慢，像一種理所當然的規律節奏「就這樣啊！不然呢？」然而城市沒有因為慢，而較富人情味；它一樣是冷漠疏離的，對別人心存戒心。阿沐在城市裡胡亂繞了一陣子，然後在一處噴泉的石凳上，坐一個多小時；覺得這不是他想久留的城市，遂

動身離開。

78

ORLEANS城有一條河，沿著河往西南到BLOIS城，往東南到GRISS城；他選擇BLOIS這條距離較近的河道。河道路勢平坦，風景變化萬千，是騎腳踏車旅行五星級的享受。法國極重視大自然的休閒資源，遂河道的路況非常良好；沿途許多景點，更是渡假盛地。ORLEANS城往東南及西南的兩方河道，區分汽車可行駛的柏油路，及一種僅供散步跑步及腳踏車專用的泥石路；後者較貼近河面，河岸風光一覽無遺。但這種小路地圖上沒有標示；據他騎河道的經驗應該會和省公路一樣，一路通到底。然而事實沒有他想像中那麼順利；往BLOIS河道的後半段，有一處被農田遮斷；但農田旁仍有一條野草漫漫的小徑，他推測順著河流方向，是不會迷路的；結果竟誤闖了沼澤區，被一群蚊子兵團火烈攻擊，差一點爬不出來；再下一段又被自來水廠切斷去路而改道。然而後半段的不順遂，竟激起他勇猛的鬥志，原本應該分兩天來完成的路程，卻硬拚到半夜，趕到BLOIS城。

這一條河道經歷，前半段唯美浪漫得像瓊瑤小說，後半段緊張刺激得像電影《侏羅紀公園》當然沒有遭遇什麼怪獸攻

擊，而是那過程的氣氛，令他的神經處於高度亢奮的狀態；腎上腺素過度分泌。從沼澤區扛著腳踏車爬崎嶇陡凸的叢林小徑，逃出來之後，騎腳踏車的節奏，變得異常的奔放。被自來水廠阻斷去路，改道進入了森林；此時天色已暗；他在蜿蜒迂迴、變化多端的小徑，火速疾奔，碰到顛簸的路面，亦不減速；彷彿後方有猙獰的暴龍追殺逼近。進入正常的河道，已一片漆黑，他開啓探照燈繼續趕路；前方億萬隻的細小水蚊，統治了整條河道；他的臉無法正面迎向飛蚊所交織的黑幕；他用薄巾包住臉，僅露出雙眼，低著頭看著前方50公分的路面，猛前衝；眼皮內含住了十幾隻蚊子，但他早已習慣；若不習慣而停下來清蚊子，會有更多盲目不怕死的蚊子撲進來。就這樣，他通過了水蚊王國的絕境，來到BLOIS城市邊界；停下來清理眼內的蚊子，並抖下全身沾滿的死蚊子；彷彿他身穿一套蚊子所編織的衣褲。

79

　　在BLOIS城市邊界的河道上，他欲往市中心騎去；隱約聽到河邊不遠處，出現一種像金屬物敲擊地面，而產生變化節奏的音樂；騎過一小段，他改變主意轉回頭，朝向音樂的發源地。在河面上邊緣，有一座碩大的水泥建築物，像是控制水道

的閘門；兩個看不清楚的灰影人物，坐在水泥地上，一個人彈
著吉他，另一個人以金屬物敲擊酒瓶罐，響出快板的愉悅節
奏。心想待會兒再去搭訕，必須先吃一些熱食填肚子；已經超
過十個小時沒吃任何東西，而這十小時耗掉太多熱量，河邊的
冷風又吹得他全身發抖。簡單地煮了通心粉，速速吃完，帶著
樂器雀躍地跑去找音樂朋友。必須跨過鐵欄杆；這種欄杆僅能
阻止守規矩的人，若有意圖要進入，很輕易就可以跨入。下方
潺潺的流水聲很響，像置身於河中央。他們的音樂還進行著，

他站在一旁靜靜聆聽；音樂告一段落後，他上前道晚安握手；
他們又繼續著音樂。彈吉他的男子，面容很清秀，留著一頭巴
布瑪利的捲髮；玩打擊樂的男子，個子矮小，留著小平頭。音
樂純彈奏，沒有歌聲，旋律是現代的搖滾。吉他的指法技巧繁
複，打擊樂的節奏不俗；他感覺音樂的吉他聲是面狀，打擊樂
是點狀，於是他掏出口琴吹出線狀的旋律。三人很陶醉這樣的
合奏，告一段落後，大夥歡喜地又玩了很多種旋律。酒喝光之
後，他們說明天還要上班，不能太晚睡，希望明天傍晚在同一
地點能再見到他，想帶一些食物來河邊BBQ。介紹彼此的名字
後，就告別了。吉他手叫Noir，打擊者叫Turquoise。

80

　　早晨醒來才知道自己睡在BLOIS城河邊的枯草堆上，是那
種割斷長長的野草，任其曝曬的草堆；像高級床墊頗有彈性，
但有很多不知名的小蟲，阿沐和牠們互不侵犯和平相處。一位
開推土機的年輕工人，從上方的河道經過，向他打了招呼，阿
沐睡眼惺忪地回了禮。吃完早餐他騎上河道，發現一處規模很
大的公園正在施工；騎進逛逛；樹群、草坪、基本設施都很完
備；正在進行的土木工程，似乎在增加一些休閒功能的場所，
及排水措施；有一座原木大涼亭，一片牆與屋頂一體成形的建

築結構，兩側有兩片水泥矮牆；他暗忖也許今晚可以睡這裡。他問正在施工的一位男子，如何離開公園到市區；依了指導穿過一片自然森林，出口是一條汽車流量很高的大馬路。

他過馬路騎進BLOIS市區；忙碌的現代都市，帶點草莽性格，像台灣的高雄市。經過一處氣息頗特殊的空間，感覺介於民間企業與官方服務機構之間；發現戶外庭院有一個水龍頭，於是怯怯地牽車走進去討水。一位年輕的男子出來，服裝像一位廚師，態度極為親切；他說那個水龍頭的水不好，他進去灌優質的好水；阿沐很感激地把水壺交給他。男子灌滿水壺交還他的同時，問他想不想洗澡？這句話讓阿沐又驚又喜；他已經四天沒有擦澡洗頭，離開巴黎後不曾洗過一次熱水澡；男子的問句，像天上降下來的恩典；他向他點頭說謝謝。阿沐從背包內取出盥洗用具，跟著他進入屋內，他帶他到一間辦公室；阿沐不清楚怎回事，但辦公室裡的人都很面善，他無畏地靜觀其變；一位高高白白淨淨的男子，拿出一份資料問他「會說英語嗎？」阿沐回答「一點點」，然後他又問國籍、有沒有護照、要在這城市待多久、在法國有沒有連絡處的地址，會寄相關的服務資訊給他。此時才明白，他誤闖誤撞，竟撞進了流浪漢的公益機構。

填完資料，男子帶他去一間寬敞乾淨的浴室。阿沐愉快充

分地洗一個熱熱的大澡，並且換上一套乾淨的衣褲；為了配合
這機構的服務精神，他故意挑出一套像乞丐的服裝。洗完澡走
進辦公室，向各位道謝告別；廚師拿了一條長長的潛艇堡、一
塊又臭又香的乳酪及一顆水梨，讓他帶走；他感激他到了五體
投地。

81

離開「流浪漢服務中心」，準備轉進熱鬧的街；在街口的斜
對角，兩位像台灣觀光客的女生，目瞪口呆地望著他，眼光黏
著他進入街上；阿沐暗忖「不是剛洗過澡？有這麼嚇人嗎？」
有趣的現象是，當地的法國人見怪不怪，反而是來觀光的同族
人大驚小怪。BLOIS城被一條大河切成兩塊；右岸是低海拔的
山坡地，所有的房子密集地躺在坡上；高處有一座古堡，是
BLOIS城代表性的觀光景點；地勢較平坦區域，集中了各式各
樣的商店百貨；斜坡的區域有許多老房子，盤根錯結的上上下
下階梯，散布在迂迴的坡路上。左岸是比較純粹的住宅區，但
BLOIS城兩家大型超市都在左岸；從住宅的樣式及街道的氣
息，像城市較晚期開發出來的。他在城市裡逛了逛，順便把多
天累積的髒衣服，投進自助洗衣店的洗衣槽。遇見一位有趣的
年輕女子，騎著一輛二次大戰的軍事摩托車；是那種車身旁邊

多一條火箭頭,專門給長官的座椅;他偷偷地跟蹤她,發現她過橋去了左岸,他也跟著過去;她失去踪影,他走進超市買貨。

82

他想晚上在河邊的BBQ,也應該貢獻一點東西,遂買了一條五花肉(撒鹽醃漬,放到晚上火烤,口味甚佳);另外再買一瓶紅酒(法國的紅酒比礦泉水便宜;當然是2003的年份;阿沐對紅酒的品味不高,所以仍覺得相當好喝);最後買一條全麥棍子、一盒羊奶乳酪、一瓶比利時黑麥啤酒,犒賞自己的脾胃。他想騎去河道森林享用午餐,無意中發現一處很棒的隱密空間;一條人跡稀至的小徑,騎到深處,有小溪小橋,橋邊一座專供人們野餐的木製長桌椅,坐在桌椅上可瞭望一片麥田及遠處的山城;各方面的條件無與倫比,他稱這裡為祕密基地。他一邊吃午餐一邊欣賞風景,香醇可口的大瓶啤酒,也慢慢喝著。吃飽了,拿出口琴出來吹,啤酒仍慢慢喝著;他轉身對著裡面的叢林吹奏,他要吹給樹聽、給草聽、給小溪小橋聽;他知道他醉了,是酒讓他醉了、是音樂讓他醉了、是這裡的一切讓他醉了——

他在祕密基地的長桌上,幸福地睡了一下午;覺得這時候

應該赴約了；約定的時間，吉他手Noir說「太陽剛落下的時刻」。等了一會兒，他們到了；Turquoise說大家要去一處有沙灘的河邊，他的汽車無法駛入河道，必須繞一大圈至那個沙灘。Noir陪阿沐走河道過去，兩人一邊散步一邊聊天；Noir很健談，喜歡說一些生活中輕鬆好玩的小事；他和阿沐一樣瘦，高度也相當；Noir邊說邊笑邊揮手驅飛來的水蚊；他似乎已經免疫了，對這稀少的水蚊無動於衷。驚人的水蚊王國，大約在前方10公里處。河灘在祕密基地斜對面的森林公園裡，步下矮矮的土堤，一塊面積小小的沙灘；前方的河床呈半乾涸狀態，一棵枯亡的樹木，傾倒在露出水面的沙丘上；沙灘中央遺留前人的營火灰燼，及啤酒空罐。大夥分頭找枯枝乾柴，準備起火；周遭的資源豐富，一下子就集中一堆足以升起大火的木頭細枝。Noir很考究，堅持火紅的木炭不能有火苗，才開始烤肉；他暗忖以這樣的速度進展，自己可能會餓昏，遂用瓦斯爐先煮一道菜貢獻出來，大夥撕麵包切火腿混著吃；啤酒、紅酒、茴香酒混著喝；現場的音樂、近處的蟲鳴及遠方的Party電音也混著響。

83

他決定留在河灘過夜，他們擔心半夜會太冷，臨走前又幫

他撿很多乾柴備用。Noir說如果想洗澡，打電話連絡，可以去他家；阿沐很感激地目送他們離開。隔天醒來，已接近中午；盥洗完，收拾一下沙灘的垃圾，即騎往市區找食物。他進麵包店買一根棍子，順便討了一壺水；至隔壁的小超商，買乾乳酪及柳橙汁。在市街上鑽來鑽去，欲找一個好地方享用午餐；中午時刻，附近的上班族湧出來，顯得異常熱鬧，許多公共座椅都有人佔據；他騎到一處小公園，終於發現一條長板凳有空位，但旁邊有一對老夫婦；他牽車走過去，用法語向夫婦倆示意「如果你喜歡？」他們點頭。阿沐坐下打開果汁瓶蓋喝了二口，旁邊突然冒出兩位年輕的男子打招呼；他們想邀他去家裡一起吃午餐，聽家裡的音樂；他有點驚奇亦覺得無妨，就跟他們走了。

他們是親兄弟；哥哥叫Vert，弟弟叫Beige，回到家裡有一位剛睡醒起床的小弟叫Bleuroi；年紀大約是22，20，18的順序。Beige說爸爸是美國人，媽媽是法國人，哥哥Vert在BLOIS城念大學建築系，老家在巴黎。Vert在狹小的廚房做午餐，Beige打開音響；又是電子音樂，然後又是大麻；阿沐忖思這兩樣東西，似乎是法國現代年輕人的必要食物。播出的是電子沙發音樂；不油不膩，像清朗的早晨一抹淡淡的陽光，沒有負擔的酣靜和舒適。Beige遞大麻給他，同時說喜歡電子音樂給他和

平的感覺，阿沐表示有同感。一條黑短毛的大狗，強壯憨厚，大搖大擺地從房間走出來；Beige 呼牠 Bonbu，Bonbu 走過去，Beige 捉牠的後頸靠向自己的臉，親暱地額頭貼額頭磨蹭著，同時兩手按摩牠的身體；Bonbu 愉悅地搖著尾巴；他放牠走，Bonbu 經過矮桌，尾巴甩翻了一杯剛倒滿的牛奶，濺灑滿桌；阿沐的風衣外套也染了一些；Bonbu 馬上遭到斥責，哀怨地回房間閉關思過。Vert 端出一大鍋沙拉，肉塊、蔬菜、水果、橄欖油、香料，全混在一起，簡單而美味。

84

下午 Beige、Bleuroi 和他三人及 Bonbu 走到河邊散步，從人行道步下水泥堤防的階梯。沙灘上長著各種野草；一種莖葉毛邊帶刺，攀爬沙面的淺草，遍佈成優勢族群；稍不留意會刺傷皮膚。他們找了一處草稀的空地坐著；陽光很舒服，微風怡人。Bonbu 一靠近河面，就興奮地跳下水游泳；大夥看牠露出一顆頭，在河面上移來移去；Beige 像看著自己的小孩在戲水，目光帶著慈祥的笑容。阿沐拿出口琴對著河流吹奏，像鄉村小調的旋律，歌頌美好的午後時光；Beige 欣喜地看著他，阿沐把口琴交給他；Beige 嘗試性地保守吹著。他覺得口琴是最能反應當下心境的奇妙樂器；身體放鬆，頭腦放空，自然會有旋律出

來：不需要技巧，不需要樂理基礎，只要把心放進去，音樂會感動自己，也觸動旁人。Beige想下水和Bonbu一起玩，站起來回望後方的情況，遲疑了一下，不理路人的眼光，即脫下衣褲留著一條小內褲，步入河中。Beige嬉弄憨厚的Bonbu，牠不甘示弱地反擊一下，Beige興奮地喊叫幾聲。阿沐被眼前的景象煽動了：陽光、沙灘、綠野、清澈的大河，不趁此時更待何日？他沒穿內褲，只好全裸下水了。

回到屋內，他洗完澡從浴室出來，Beige說巴黎晚上有一個很棒的Party，問他要不要一起去？要再進入巴黎，讓他猶豫了一下，但他很喜歡這三兄弟，想多相處一段時間，於是問大概要花多少錢？Beige說不用擔心錢的問題；結果包含來回的交通費，全部是他們請客。因此，他和三兄弟坐高速鐵路，再度進入巴黎市。Vert要回爸媽的家，在車站內轉乘地鐵離去；他們出到站外門口，兩位壯年男子開一輛高級轎車來迎接；這令他感到鮮奇，對Beige的身份背景，產生一些臆測和想像：他爸爸會不會是黑道的角頭？

85

他們在巴黎街上繞來繞去；司機先送另一位壯年男子下車，然後又去一個地方搬一堆黑膠唱盤、音響機器、喇叭音

箱；最後到一處公寓大樓，將所有的貨物卸下搬上樓。阿沐不清楚晚上的Party，是什麼樣的Party；本以為搬一大堆黑膠唱盤及音響器材是要到Party的會場，怎會進入一間狹小的公寓？心想自己的低限英文，很難問明白，就隨遇而安吧。Bleuroi把音響組合起來，然後挑一片唱盤播出來；也是舒服的電子沙發。開車的壯年男子是斯文的法國白人叫Pâle，在廚房的吧檯煮咖啡；另一位中途離開的壯年男子是阿拉伯裔的法國人叫Uni；後來知道他們和Beige像兄弟般的好朋友。在房間裡喝了咖啡吃點餅乾，休息一會兒，就出門往Party的地點。

　　來到一家規模頗大的電子PUB。Beige弄到幾張招待券，分一張給他；可以連續玩三天的票，從星期五到星期日。在門口又會合了幾位朋友，其中兩位是日本女孩：莉莉和優子。排隊進入幽暗的廊道，通過森嚴的檢查（不能帶飲料進入之外，他不知道什麼東西也會管制）。裡面擠了滿滿滿的人，像一籃子的沙丁魚；想跳舞，只能上下原地彈跳；想昏倒，也只能站著。他暗忖今晚是純欣賞音樂，沒機會活動筋骨。Pâle在吧檯叫了一杯啤酒給他，並說他住中部鄉下，沒機會聽這種音樂；阿沐舉杯謝謝他的請客。Pâle一直很貼心照顧朋友，說話輕聲細語，對他親切客氣；開車來巴黎玩，住Uni家；他的面容有一種隱晦的憂傷，和深層的疲憊；阿沐想和他安靜地聊聊，但礙於

語言的困難。到更深的夜晚，陸續走掉一批一批的人，空間稍微舒適一些，也有局部位置可以跳大動作的舞；他趁機下去跳，並非很投入，僅想喚醒一些沉睡太久的細胞。

深及半夜，他和Beige、Bleuroi坐計程車回小公寓；這時阿沐才知道公寓是他們兄弟倆在巴黎的居所。洗完澡後Beige體力不支睡著了，Bleuroi還興致盎然地當DJ播放他心儀的樂曲，給自己和阿沐聆賞。三兄弟中Bleuroi個子特別嬌小，氣質也和兩位哥哥迥異，顯得內斂，沉鬱寡言。音樂輕聲緩緩地從喇叭流出，阿沐覺得他對音樂的品味相當好，那電音PUB的後半時段，應該由他主盤。Bleuroi學哥哥Beige故意降低英文水準，用很破的英文和他聊天；他說以前是不乖的男孩，阿沐問為什麼？他說不知道；他告訴Bleuroi來法國的原因、近十年的轉變；他問阿沐有沒有老婆小孩，他告訴Bleuroi，他是不結婚的人。兩人對話的語言很少，很長的時間都是安靜地聆聽音樂；音樂是他們兩人之間的橋樑，心靈藉此密集地交流著。

86

早上兩位兄弟還在熟眠，他一個人溜下樓出去買菜；心想廚房的設備還不錯，應該要料理幾道佳餚。為避免忘記返家的歸途，他謹慎地記住每一轉角的特徵。一條人行道上，擺著臨

時攤販的市場；在法國還不曾吃過鮮魚，所以特別買了一塊不
知名字的深海魚排，再買了蛋、紅番茄、大蒜，及二樣不曾吃
過的怪異蔬菜。回到公寓大樓，發現大門打不開，只能在門口
佇著，等其他住戶的人進出時，趁機鑽進去；一位阿拉伯裔的
男人出來，他向他道日安，就名正言順地進去了。

　　魚排、番茄蛋都OK，二樣怪異的蔬菜不知道性質，只能實
驗了；最後決定和大蒜炒在一起，味道還不錯。Pâle和日本女
孩莉莉、優子一塊過來，也一同享用佳餚；Pâle吃素，不能嘗
到魚排。莉莉和優子長得不漂亮，但衣著很懂得掌握個性特質
而顯得很耐看；姿態慵懶慵懶的，頗具親和力；她們和他輕鬆
地聊聊音樂，然後問知不知道誰？知不知道誰？他一向不善於
記住別人的名字，尤其電子音樂的創作者。大家一直聊天說
話，他邊聽著，邊翻閱雜誌；從影像畫面中吸收一些訊息。

87

　　六個人擠一輛車出門；中途Bleuroi下車，帶著滑板去公園
玩；他和Beige在另一地點下車。他不知道Beige要去那裡？也
不曾過問，像跟班小弟在街上默默跟著。他進入一家鞋店，和
老闆說了幾句話，就進入房內；阿沐在店內欣賞運動鞋的最新
款式，像在觀賞藝術雕塑，仔細掃描鞋子的各部位造型、結

構、質感、處理手法。Beige出來，兩人又走回街上；迎面二位巡邏的警察，Beige輕聲呼他轉彎，走另一條路；阿沐心裡大概意會了剛剛在鞋店交易著什麼東西。Beige帶他進入一個朋友的家，打開音響，倒一杯鮮奶給他；阿沐手中握著飲料，隨興走逛；屋內像室內設計師的住家，傢俱器具很重視造型趣味，美學的書籍雜誌特別多；東西琳瑯滿目錯落有致，音樂是從發燒級的音響系統流出來的。看見櫃子上有一些家庭照片，裡面有Uni和莉莉及一位小嬰兒；他才明白原來他們兩人是夫妻。Uni和Pâle出現，Beige把東西交給他們，Uni問他要不要也來一點？阿沐皺著鼻子搖頭；大麻可以，古柯鹼他不想嘗試。他們進入房間內享受，阿沐一個人在客廳聽音樂，翻閱雜誌。

　　大家喜歡阿沐煮的食物，遂開車到家樂福大肆採購；Beige說買八人的份量，任他決定食材。他想人這麼多，要化繁為簡，決定主食用義大利通心粉解決；買了相關配料，再選了雞胸肉及一些蔬菜水果。回到屋內，他一個人在廚房內忙得一團轉，其他人有的聊天，有的睡覺。法國家家戶戶的廚房，都是以電爐料理食物；他對電爐的火候掌握，還很不順手，它不像瓦斯爐，升溫降溫可以隨即變化；煮兩三人份沒什麼問題，煮八人份就讓他忙昏了。本來想煮四道菜，後來只能出培根奶香通心粉，及悶燒雞胸肉；大夥還是吃得津津樂道。

88

　　他忽然想起BLOIS城的Noir；覺得離開兩天了，沒給他半聲消息很不禮貌；但阿沐的英文程度很難清楚解釋這一段際遇，然後怎麼跑到了巴黎；因此拜託Beige打電話給Noir，代他解釋說明。Beige打給他，聊了一陣；Beige向阿沐說沒問題了。吃完飯天黑，大夥休息一下，就浩浩蕩蕩出門，往電音PUB出發。在車上大夥聊著聊著，氣氛突然變得很詭異，車速持續地加快加快；在巴黎的小街上，時速超過100公里，是很嚇人的；沿路沒有紅綠燈號誌，不知道那一條交叉路口，會冒出一個行人或汽車，煞車根本來不及；Pâle冷酷的臉孔握著方向盤，仍未減速；坐在駕駛旁邊的Uni勉強地擠出一句話，側著上半身專注前方迎面而來的景物；全車的人屏息著不敢吭一聲；一陣子之後，Pâle減速了，大家鬆了一口氣。阿沐不明白事情的前因後果；就情勢判斷，可能是Uni說話刺傷了Pâle。到了PUB門口，Pâle說人不舒服自己先回家；Uni跟他一起回去。

89

　　今晚的PUB，人還是相當多，但比昨天少掉一半；熱鬧之餘，空間動靜皆宜。他進入音樂跳舞，一下子就把剛剛的事情

忘了一乾二淨。Beige不見人影，也許去探望Pâle；Bleuroi一直站在場邊看；優子跳得很起勁；莉莉慵懶地跳她自己的慢節奏。DJ一直在製造歡愉酣暢的氣氛；整個晚上好像換了四位DJ，但風格氣味像是同一個人；韻律一直保持在高高的位置，沒有空隙，沒有喘息機會，彷彿想把人從頭Hi到死。然而，他還是被娛樂了。音樂是一個通道，把他帶到另一個奇幻世界，他在裡面跑來跑去，有時跌入藍色泥漿，有時在高空翱翔，有時被封在透明的果凍裡，有時懸在沒有時間沒有空間的灰暗無際。電子音樂的優點，就是沒有感情，缺乏人文思想；所以它的想像空間，浩瀚無邊；幾個簡單的節奏，一直重覆重覆重覆，身體放鬆很快就被催眠了；理性的意識被催眠，感性的意識就自由了。

　　不知道什麼時候，他開始在舞池裡原地打轉，邊轉邊舞；整個世界也跟著他轉；他看到周圍很多顆眼睛，被捲入漩渦裡；情緒愈來愈高亢，不禁地再加上彈跳的動作，彷彿腳底多了一具超級彈簧。有一位女子突然衝過來捉住他，手持像DM的紙張，說了一些話他聽不懂；他迅速塞入口袋，隨即轉化另一種極誇張的舞姿，令自己嚇一跳；但也一發不可收拾。可能是剛剛長時間的旋轉，累積強勁的能量，突然莫名地被外力中止，造成瞬間的反彈。他很早就知道腳底起了兩個大水泡，水

泡也磨破了；目前並不會感到特別疼痛，是因為體內分泌很多
腦內嗎啡，麻醉了痛感；明天過後要挨受幾天的不便，這是他
必然要付出的代價。然而，今晚他自己的能量，及上天賜予的
能量，都耗到底了；他坐在邊陲的閣樓鐵梯上；舞池僅剩十幾
人在舞動著；在這麼寬敞的空地，跳舞是最愉快了，但理智告
訴他必須保留一些走路回家的力氣。音樂仍是保持在Hi的緊繃
高線；他怨著DJ，已經快天亮了，為什麼不鬆緩下來呢？真希
望Bleuroi能上台主盤。他低著頭閉眼休息，有時候用雙手摀住
耳朵，想拒絕某些會引他興奮的節奏的挑逗；突然有人拍他的
頭，抬頭看，一位清瘦的女孩，打著赤腳邊跑邊看著他，笑容
可掬；「好吧！應觀眾要求」他又下場輕輕軟軟地舞動著；他
不再閉上眼睛，邊舞邊掃視著周遭的人，把黏在身上的一堆眼
睛，一個一個交還給他們。環繞一圈後，視線專注在那位招惹
他的女孩；她看到了他在看她，笑容一直掛在臉上；愛她的男
人查覺到，故意把她摟得緊緊的；一陣子之後，她掙脫男人的
懷抱，又在場子裡亂鑽亂跑，像一隻蝴蝶飛啊飛——

90

走出PUB的廊道，外面是刺眼白亮的景物；彷彿在黑暗的
地洞裡度過了100天。他們在路街上行走著，Beige在他身旁，

阿沐謝謝他「整個晚上，我非常快樂！」Beige問「音樂喜歡嗎？」他說有些喜歡，有些還好；Beige說「我也是，有些喜歡，有些還好。」莉莉、優子、Bleuroi走在前面，他和Beige在後方十幾步的距離跟著；一街又過一街，一路又過一路；他問Beige「我們要去那裡？」他聳一下肩「我也不知道？」彷彿他們是一群雲腳的僧人。最後，停在一家麵包店，店內排滿了客人，排到人行道上，Bleuroi加入排隊，其他人在外面等著；大夥以不同的站姿等著，有的低著頭、有的眼神空洞；不知情的路人，可能會奇怪，麵包店外怎麼站著一群心事重重的年輕人？

　　又走一大段路，回莉莉和Uni的家。他向莉莉借浴室洗澡，她拿一條浴巾給他；洗完澡後，換Beige進去。Uni張羅幾樣簡單的食物，聚在客廳吃；大夥散離各角落，自己找位置坐。音響還是播著電子音樂；比較輕柔的那一種。吃著吃著，忽然討論起阿沐的舞蹈；他們嘰哩呱啦，嘰哩呱啦；幾個人不時轉頭看他，他不知道內容，只能羞紅著臉傻笑；Uni突然用英語請阿沐表演一下，Beige向Uni抗議地叫著；他出來打圓場「不是音樂不好，這時候真的沒有感覺。」飯後沒多久，一個一個各自找地方睡覺；一半的人睡在客廳的地板上，他也是。沉睡中，突然被手機的鈴聲吵醒，Beige神智迷濛地捉起來聽，說了二句

話，然後聽到Beige的電話聲裡有他的名字；他暗忖是Noir打來的；Beige很快就結束電話，繼續睡覺；他也是。

<h1 style="text-align:center">91</h1>

　　Beige喚醒他；發現大夥都不見了，只剩他們兩人。Beige說Vert要回BLOIS城，現在必須趕快去車站與他會合。他們匆匆地走向地鐵站，忽然想起他的布袋從昨晚一直放在汽車裡面，Beige馬上打電話給Pâle，請他以最快的速度送到車站。見到Vert時，他的神色有點緊張，一直在看著手錶；阿沐心想可能車票已買好了，時刻不容拖延。布袋送到了；臨別前，Beige說旅行結束回到巴黎時，一定要連繫；阿沐說他會的。Vert急步帶著小跑步到月台，他在後面緊跟著，進到車廂裡面，才鬆下一口氣；不到一分鐘火車啟動了。Vert笑容可掬對他說，到BLOIS要二小時半，他可以好好再睡一覺；他隱約聽到Vert的隨身聽傳出的音樂，像他喜歡的一位美國歌手，於是向Vert呼Tracy Chapman，他眼睛一亮「你喜歡她嗎？」阿沐點頭，他將耳機轉給他；他聽完一首即還給Vert，然後閉眼睡到BLOIS城。

　　下車後，他請Vert打電話給Noir，約時間見面；Vert陪他一起到城裡的小公園見Noir。他很高興再見到Noir，到巴黎三

天，感覺像離開了一個月；他仍是那種笑容，仍是喜歡說輕鬆好玩的小事。他也和Vert聊了一下，說他和阿沐在河邊認識的經過，邊說邊笑。Noir問他明天晚上要不要再去河灘BBQ？他雀躍地馬上說好，Vert在旁問可不可以參加？Noir說歡迎。

回到Vert的房子吃晚餐，他說阿沐可以在這裡住一星期，他說謝謝，同時心裡想著「二天後還是應該繼續旅行」。Vert把房間讓給他睡，他說今晚睡女友家；吃完飯沒多久，收拾了東西就走人了；他把隨身聽留給阿沐享用。他一個人在Vert的屋子裡，聽一陣子音樂後，隨興走動，走到窗戶看一下外面的風景。這公寓房子的古樸質感，應該有50年以上的歷史；厚厚的牆，大大的矮窗，給人穩定安適的感覺，格局雖小卻沒有束縛的壓迫。看到他幫三兄弟寫的中文名字，被Vert裱掛在牆上；他似乎對中國字很有感覺，連腳踏車擋泥板上的「死亡在右後方」的中文，也要寫給他。忽然想起可以送一個禮物給Vert，將巴黎的那首詩，抄錄給他；他也是巴黎人，這個禮物蠻切合的。在房間內找一張乾淨的A4紙，用工整秀麗的字跡抄寫；心想若要瞭解詩文，他可要費工夫找厲害的翻譯者。

92

BBQ的會合地點，在首次認識Noir的河岸。他先到現場，

Vert騎一輛腳踏車來赴約，多帶一位朋友來。這位朋友也是留著巴布瑪利的捲髮，個子不高，很清瘦；背來一具非洲鼓；他叫Violet，很好動；認識之後，一直騎著腳踏車在附近跑來跑去；回來一下，離開，回來一下，又離開；反覆很多遍。Noir遲到了，不知何故遲了那麼久？Vert打電話給他，他總是說快到了，仍不見踪影。大家等得很不耐煩，Violet興起要在原地生火；他遲疑了一下，請Vert問Noir可不可以先到河灘處？Noir說請大家再等一下。阿沐在赴約之前，已經先到河灘上整理過環境，並且將半打啤酒冷藏在河裡，雨衣布鋪在沙灘上，要升起營火的乾柴，也都先堆放完備；到現場只要打火機點燃，即可升起大火；他把童子軍的知識全用上了。Violet已經堆起乾柴，升起火苗；他想「好吧！就先拿出一條醃豬肉來烤。」Vert心不在焉地敲著Violet的鼓。肉剛烤好正要吃的時候，Noir和Turquoise到場了；大家雖然等得很不愉快，但還是客氣地寒暄問好；Noir用法語向Vert說明為什麼遲到，Vert的表情顯示，似乎理由不夠充分；Noir笑著拿雨衣布給阿沐，同時讚美他把沙灘佈置得很好；他聽完，心情馬上墜入一種難以言喻的悲傷。不能理解Noir為什麼要這麼做？但他沉住氣，表面假裝沒事，同時心裡開始揣測其中的蹊蹺？Noir問大家還想去河灘BBQ嗎？大夥表示不願放棄。

　　氣氛很悶；純粹地烤肉吃東西；Noir很認真地照顧炭火，並烤東西給大家吃。Violet一頭熱地找人說話，他看大夥的興致不高，拿起鼓來敲奏；一會兒被Noir制止，他有點不爽，拿鼓到遠一點的地方，自己一個人悶著敲打。東西吃得差不多，Noir和Turquoise想走人，Vert故意大聲邀他和Violet「明天晚上再來河灘BBQ」。Noir離開不久，Vert也離開了；僅有他和Violet留在河灘。他一直灌酒，似乎想借酒澆愁。Violet抽著大麻，不喝酒，他說唯一的不良嗜好只有大麻。他一直跟阿沐說話，他是左邊聽進右邊出去，但眼睛仍專注看Violet的表情；慢慢地他顯出醉態，對Violet豐富的肢體表情，動不動就大聲狂笑；Violet看他的反應如此熱烈，興致更高；一直說，一直說。本想一個人留在河灘過夜，Violet卻熱情地邀他一起回宿舍睡；他東倒西歪地收拾東西，對自己的醉態感到新鮮好玩。還好騎腳踏車的平衡感沒問題，兩個人沿著河道，一直騎到Violet的宿舍；房子與河流僅隔一條大馬路。

93

　　早上Violet喚醒他，說他要去上課，下午4點才回來；把一支鑰匙交給阿沐，並說「我的家就是你的家，知道嗎？」他很感動地向Violet說再見。起床洗完澡吃點東西，他急忙地騎腳踏

車到街上找中國餐館。他揣測Noir的行為，是一種報復；而關鍵原因是出在那天，他打電話給Beige找阿沐的時候；Beige在睡夢中被吵醒的情況下與Noir對談，語言和態度可能刺傷了Noir；然而Noir並不清楚他們是玩到通宵達旦，太陽高照的白天，正疲累地在休眠。最後和阿沐一起去見Noir卻是Vert，因此Noir誤將Vert當成Beige；Vert成了無辜的受害者。會發生這樣的事件，其背景是阿沐的語言障礙所造成的。他非得儘速找到一位翻譯者，將這整個過程說明清楚，化解他們莫須有的怨懟；兩位在他心目中都是人品很好的朋友，彼此生活在同一城市中，若因他的關係而產生仇隙，他一輩子會生存在罪惡之中。

　　BLOIS城有三家中國餐館，他故意選規模較小較普通的這家，心想進去吃個飯，順便尋求支援。在店門口停車的時候，一位華人的老婆婆來搭訕；她說這店是女兒和女婿開的，在台灣台北住五十幾年了，因腳疾的問題來法國投靠女兒，順便幫忙照顧店裡的生意；她又告訴他，在法國要小心哦，東西很容易被偷；然後問他，要不要租房間？可以便宜給他。他告訴老婆婆，自己住朋友家，不花錢的；她馬上打了退堂鼓。進門點一份6歐元的簡餐，他慢慢吃著，想等生意比較清閒的時候找老闆商談。吃完飯趁老闆閒著，離開座位付帳，順便將事情的來

龍去脈大概地向他說明;他說沒有能力幫這個忙,也不認識合適的人;阿沐大概明白了,就迅速離去。再找第二家,是頗高級的中國餐館,進去的時候剛好沒有客人,老闆娘在櫃檯;他委婉將來龍去脈再說一遍,她竟答應請念高中的女兒翻譯;他欣喜地一再道謝,她說「中國人幫中國人嘛!」

　　隔天約了Noir和Vert一起到這家中國餐館吃飯。Noir帶了女友赴約,Vert邀Violet一起來。大夥先點餐,輕鬆地吃飯;他覺得時機差不多之後,請老闆娘的女兒出面;一位個子嬌小可愛的女孩。當女孩站在旁邊,大夥嚴肅地等候他發出聲音,他卻一時不知從何說起;啞住一會兒,突然想起某一片段,然後一片一片地接續,也不知道有沒有漏掉那一部分重要的細節;Noir突然插進來「我沒有打電話給Beige!」他嚇一跳!於是他問「你有沒有為這整個過程生氣?」Noir說沒有;他再問「那你有沒有生我的氣?」Noir說沒有;「那我無話可說了」他驚奇地表示。事情似乎太簡單了,沒幾句話就把糾葛化解了;負責翻譯的女孩也覺得,還沒充分運用她的語言天分,事情就結束了。Noir以四兩撥千斤的手法,將問題終結;他和Noir、Vert三人彼此心照不宣。感到欣慰的是Vert恢復了笑容,還有他那帶點小頑皮的童心。

94

　　用餐將結束前，他問 Noir 可不可以去他家過夜？他表示歡迎。於是一群人全部擠進 Violet 的小房間，喝著啤酒，輕鬆的聊天。Noir 和女友將阿沐的行李裝備放進汽車內；Violet 陪他騎腳踏車到 Noir 家附近。路途中，Violet 說6月底有7天的假期，想和他騎腳踏車旅行；阿沐覺得他願意和他一起吃苦旅行，感到榮幸，就敲定了會合的時間。他對自己在 BLOIS 城有這麼一連串的因緣，感到不可思議；過程是那麼富戲劇性；連進入BLOIS 城的路途，也是曲折驚險。回想起來，就差那麼一夜的時間，所有的際遇將完全改觀；如果他不拚了老命，當晚趕到BLOIS 城，那也許會和 ORLEANS 城一般，僅是待個幾小時，即趕往下一站旅途。那一夜，似乎冥冥中有一股力量，強勁地推動他的身體；彷彿脖子被人用刀刃架著，逼著他要以最快的速度趕赴這個約會。

　　Noir 家是新穎的公寓住宅區，後現代的冷線條，一棟一棟，像豎立起來的火柴盒。Noir 及女友共住30幾坪的房子，室內乾淨優雅，像 Noir 給人的感覺，清爽不油膩。他在一家網路公司上班，經營一個音樂網站；和兩位朋友共組一個業餘樂團。阿沐進屋沒多久，他從電腦螢幕播出樂團自製的 MTV；充

滿唯美的死亡氣息；後來聊音樂提到極愛慕「Dead Can Dance」
這個國際知名的樂團；最喜歡的電影是《剪刀手愛德華》；從
這些線索，透露了Noir內在神祕詭譎的一面。他說6月21日音
樂節，他們的樂團有公開表演；這是法國全國性的音樂節，這
一天從傍晚開始，大城小鎮、大街小巷、PUB教堂，各種音樂
全部出籠；這一天，音樂所向無敵，無人可擋。阿沐向他說，
無論人在何處，這一天一定趕回來看他的表演。

　　睡了一夜高級溫暖的大床。Noir和女友早上要趕上班；從
起床、盥洗、著裝、吃早餐、穿鞋、出門，整個流程緊湊緊
張；彷彿遲到一分鐘，就會被老闆砍頭；讓他想起十年前，自
己曾經的樣子。Noir請Turquoise過來陪他慢慢吃早餐；臨走
前，女友拿一些食物，要他帶著在路上吃；他和兩位擁抱告
別。Turquoise一直是靦腆木訥的；玩打擊樂時，感受到他非凡
的節奏感；他送阿沐一張拷貝CD，說是他的作品，才知道他也
玩電子音樂。他想起一件米色胚布縫製的褲子，蠻適合
Turquoise；就在褲角，用油性簽字筆寫上Turquoise的中文名字
送他；喜悅之情溢於言表。

95

　　終於，他再度踩上腳踏車旅行，暫別BLOIS城；五天後，

他會回來參加音樂節,看Noir的表演。他前往Noir建議的一個
景點,離BLOIS不遠的一處地名叫Cheverny的大古堡。觀光客
非常多;像美麗的童話故事,王子和公主的居所。建築結構非
常的繁複,覺得是玩捉迷藏的好地方;牆面過度的裝飾,密密
麻麻的像蜂巢一般。參觀門票很貴,他望而卻步,覺得欣賞建
築的外觀就好了。古堡周圍的環境還不錯,但比藏在巴黎郊外
小村裡的古堡,遜色許多。他坐在草坪上拿出棍子來啃,欣賞
前方幾位美麗的少女;像結夥從遠地來此郊遊的高中生;她們
的姿態、她們的儀容、她們拿照像機拍團體照的樣子,跟台灣
的女生沒什麼兩樣;不知道全世界的少女,是不是都已經規格
化了?

96

　　在不知名的小村的社區公園過夜之後,他來到另一個不知
名的小村。天氣很燠熱,覺得體內火氣很大,應該買一瓶冰涼
的飲料來消暑;他走進雜貨店,挑了一瓶黑麥啤酒,是沒喝過
的廠牌,瓶子的外觀有點古典味。雜貨店前方一棟古老的木
屋,一樓是四面無牆的公共空間,他步上響脆的木梯上2樓,是
繪畫的展覽;畫家本人在現場,是一位木訥的中年男子,坐在
桌椅上剝著乾豆,看他一眼,繼續忙自己的事;畫家本人像一

位農夫,畫風有一點素人的味道,但有印象派的影子。他一邊喝著啤酒,一邊瀏覽,繞了一圈,向畫家點個頭,走下1樓。背靠著木柱,坐在地上繼續喝酒;取出乾乳酪切一小塊配酒;終於把酒喝光了,全身也消暑了,覺得應該繼續上路;然而雙腳竟然鬆軟得站不起來,全身也是軟趴趴的;心想不可能啊,只是一瓶啤酒?他看看酒瓶的標籤,嚇一跳!這世界竟然有16%的啤酒。站不起來也只能繼續坐著;看人來人往。兩位和他一樣騎腳踏車旅行的女人,靠在外面的馬路邊,看著地圖在確認路線。這幾天特別多同族人在馬路上跑;聽說近期將有全國性的騎腳踏車比賽;他在路上碰到同族都會主動向他們招手招呼,有一種同胞的親切感;他們每個人身上,從頭到腳都是標準的正式裝備,不像他邋裡邋遢,沒有一項符合規格,但仍覺得大家都是同胞。

97

他的目標是TOURS城,離BLOIS最近的一座大城。為了要去看那童話般的古堡,他繞了一大圈,終於回到河道的路面。沿途碰到很多露營人和釣魚人,有的會以鮮奇的笑容和他招呼,有的視若無睹,有的平常以待。天色快暗黑了,他鑽進一處別人的祕密基地;穿過隱密的草叢,小小的一塊空地,河水

伸手可及；用鐵皮搭建一座小亭，亭內有克難式的木頭桌椅，桌旁地上堆了乾柴。他不好意思用別人的乾柴，遂沿河邊小徑搜尋；很快就收集了一堆。前幾天他買了一卷細鐵絲，趁中途在路邊休息時，編製一個迷你吊床；將一條醃鹽的五花肉，躺在鐵絲吊床上，撿一根長樹枝勾起來，然後像釣魚般撐在營火上烤；邊烤邊搖晃，等五花肉睡熟了，肉面呈金黃色時，撒一些普羅旺斯香料，即可上盤入胃，口味是五星級的。

在別人的祕密基地過一夜之後，繼續騎往TOURS城。路經一塊大草坪，五輛白色的旅行屋汽車，佔據草坪上；車與車之間拉著一條繩子，女人將洗淨的衣服披掛其上，曬太陽；男人用抽水馬達抽河水，噴洗房車車身；幾個小孩在草坪上嬉戲奔跑；老爺爺坐著涼椅在車旁的陰影下乘涼；這是他騎河道的路上，偶爾會遇見的典型吉普賽家族。他們過著愜意的游牧生活，常常選在環境優美的地段駐紮；若是在觀光盛地的附近，吉普賽女郎會拿著手工藝品向遊客兜售。不管在都市或郊外，每遇見吉普賽人，他總有複雜的心理振動；他們不願扎根的飄流，不願納入主流社會的規範，和他有一種惺惺相惜的氣味；但他們寧願讓人鄙視，寧願向人低頭，伸手要錢，卻是他做不到的難關。

發現一座古堡懸浮在河面上，透過樹葉的縫隙望去，感覺

很夢幻。再往前走，河道被一座森林切斷去路，邊緣隔著大渠溝，連森林也進不去；不得不轉彎農田小徑。到了大馬路，又遇見吉普賽家族；一位女郎死纏著他兜售手工編織的茱籃，他笑著對她搖頭，心裡直想著買一個茱籃子能做什麼？實在想不出來，就繼續搖頭；她發現另一位牽腳踏車的遊客從旁經過，於是轉移了目標。觀光客非常多；他對懸浮河面的古堡蠻感興趣的，但看見人這麼多，還是打消了念頭。他穿過人潮，經過鐵路平交道，進入小村的街道；在小教堂前，遇見一位氣質很美的老婆婆，彼此相視微笑一下，他踏上座騎繼續往前。

沿著河岸附近的柏油公路，旁邊是平行方向的火車鐵軌；看見左方有一處可愛的小茱園；農夫將古老的木頭農具，組裝成造型奇趣的桌椅；他轉進去就近瞧瞧。桌椅旁一棵樹，前方是池塘，水中央一座迷你小島，島上一棵垂柳及一組小桌椅，小拱橋連接兩端。他想在這裡享用午餐，但坐在桌椅上目標太明顯了；沿著池邊繞到對岸深處，將雨衣布鋪在草地上，車上的裝備全部卸下；心想吃飽後就在這裡睡個午覺。他取出棍子麵包、奶油、肉醬罐頭、蜂蜜、蘋果及喝剩一半的紅酒；半條棍子，塗奶油、肉醬；另半條塗奶油、灑蜂蜜；法國蜂蜜的芬芳，令他深深著迷，配上外皮酥脆的棍子及奶油，美味的口感，幸福得像身置天堂一般。口慾心滿意足後不久，頭殼就昏

昏的想睡覺；鑽入睡袋躺平，上方是婆娑的枝條樹葉，側臥左
方是農夫的浪漫園景，側臥右方是一片低窪的林地。樹林地面
是青綠色的淺草，一匹矮馬被綁在樹幹上；牠與樹幹之間是一
條長長的繩子；矮馬繞著樹幹周圍吃草，於是牠像圓規一般，
將草面劃出一個大圓圈。

98

騎到一個小村，他想這裡應該可以轉入河道了；進入村
子，往河流方向騎去；彎兩條巷子直前，果然看到綠意蒼蒼的
河流森林。曾有一位算命高人指示，要多接觸綠色的東西，綠
色可以給他能量；他感到驚奇不已，連這個也算得出來！但不
用高人指點，十幾年前就很清楚地感受了。沿途遇見不少渡假
野餐的人們；有些小村莊臨靠河邊的房子，借重河岸風光開起
咖啡店，生意興隆得很。終於看到了 TOURS 城市，河道變成寬
敞的水泥路面；一輛轎汽從身後緩緩經過，駕駛是一位女子，
車內塞了滿滿的各種家當，像似欲遷往新的居所；可是她竟在
他的前方停下來；經過她的車身之後，他回頭看一眼；女子打
開車門，凝視著河流抽菸；裊裊的白煙透露著困頓的訊息。

經過一座大橋，沿著一條上坡騎進城市的馬路。旅行了兩
個多月，他首次不知如何親近一個陌生的地方；TOURS 城給他

很深的距離感。車流不息的大馬路、玻璃帷幕的高級大樓、彩亮的霓虹燈招牌、寂靜冷冷的公寓社區、像貧民窟的破落住宅群、河岸灰灰硬硬的水泥地⋯⋯他毫不猶豫地轉頭,迅速離開這座城市。明天就是音樂節了,心想也許騎河道的柏油路,加快節奏,今天晚上就可以回到BLOIS城;沒想到竟然四小時就騎到了;歸功的因素,除路面平坦之外,他是以競賽的速度在衝馬路。

99

回到BLOIS城,太陽剛下山,天色未暗。他喜悅地打電話給Noir,手機竟然沒開機;心想可能在排練音樂。連絡到Turquoise,相約到中國餐館吃飯,一邊吃一邊聊,但言語溝通常常卡住,不瞭解對方真正的意思;然而彼此並不在意,聊天僅是交誼的功能,不折損友誼的純真之情。他問Turquoise,Noir的表演地點?他表示仍未確定;心想只好明天再連繫。他們分手後,他去找Violet;他正在宿舍的房間內看電視;他很高興再見到阿沐,馬上聊起他想去那裡,去那裡;拿著地圖興奮的邊指邊遐思。Violet想去西部的海岸,他沒意見;法國任何沒去過的地方,都吸引他的欲望;只是西部海岸來回兩趟,要花一筆不少的火車交通費。

Violet說學校要考試，不能參加音樂節的活動。阿沐在房間
內待一天一夜，從來沒見過他拿起書本或筆記本之類；一直盯
著電視或睡覺或抽大麻或去河邊散步；不參加音樂節，似乎僅
是配合身為一位學生，將要考試的道德感。Violet是熱衷音樂
的，但偏好雷鬼；巴布瑪利幾乎是他心目中的神。Vert過來聊
一下，也說不應該參加音樂節，但Noir的表演，他想去看一
下，問阿沐地點在那裡？他說目前還不知道。他帶著一瓶紅
酒、一盒乾乳酪及半條棍子出門，準備玩通宵。老天爺很掃
興，竟下起毛毛雨；他把風衣外套的帽子戴上，在巷子裡走
著，前往熱鬧的街；經過大教堂，門敞開著，裡面聚集不少群
眾；心想應該是古典音樂之類；他繼續走著。

100

經過認識Beige和Vert的小公園，一座燈光炫麗的舞台正熱
烈著搖滾樂；看見另一邊街口又有一個舞台在嘶吶；一家麵包
店外，五位鄉村民謠樂手，興高采烈地玩著音樂，雖然只有三
位觀眾；圖書館的門前騎樓，二十幾位年紀較大的先生女士，
穿著傳統服飾，手臂勾著手臂，跳著圈圈舞。城市這麼大，他
這樣逛很怕會錯過Noir的表演，於是打電話找Turquoise；他的
語言能力也只能約在中國餐館會合。Turquoise帶他走上一條坡

道，在一家PUB門口停住；一位主唱，一位鼓手，Noir背著電吉他；樂手在路邊，觀眾在路邊，不時有穿梭的行人；有的邊走邊看，有的停住一下又繼續走，當然也有忠實的觀眾，熱情地擁護著。Noir看他一眼，淺笑一下，專注嚴肅地看著吉他的弦，透露著些微的緊張。

Turquoise帶一位個子嬌小的女孩與他認識，然後自己離開走到別處；女孩一直害羞地笑著。Turquoise似乎向她說了不少故事，他瞭然女孩對他的好感，但面對一位害羞的女生，語言溝通又有障礙，他顯得有點焦慮；似乎應該說些什麼來消彌這種緊張感，但頭腦一片空白，只能偶爾看一下她害羞的臉。雨愈下愈大，樂團不得不撤到PUB室內；樂手們慌亂地收拾器具；他請女孩幫忙拿手中的紅酒瓶，走入表演區幫樂團轉移陣地。主唱使勁地推動笨重的音響主機進入室內，卻被許多音響纜線牽制住；他看這種情況，機器和纜線若不暫時分離，誰也動不了；於是果斷迅速地抽離纜線接頭，讓主唱推動的機器前進。終於所有的器材全部遷入室內，然而複雜的纜線被他抽離之後，樂團必須重接線，然後再重試音量及音質。樂手似乎遺失了什麼或找不到什麼？搞了一個多小時，仍未正式演出。害羞的女孩仍在他身旁害羞著；他想出去透透氣，逛逛其他的音樂表演；於是向女孩說，他想出去一下，待會兒再回來；但她

可能沒聽清楚他的意思，也跟著走出來；他自顧向前走，女孩很錯愕；而他確實需要一個人透透氣，無法照顧她的狀況。

　　路面濕答答的，但雨已經停了。看見前方一群遊行隊伍，橫過路街；他快步跑去看熱鬧；像巴西嘉年華的音樂團體，還有清涼豔裝的女郎；後面跟著一大堆熱情的追隨者，不少人跟著歡樂的音樂邊走邊跳舞，洋溢著快樂天堂的氣息。他轉到下一條街，看到街口的舞台，因下雨而停擺空著；麵包店外的鄉村民謠樂手，仍是興高采烈。他想Noir的樂團應該開始了，於是往回走；經過一條巷子，聽到迷人的旋律，不禁地被吸了進去；像他聽過的吉普賽音樂，暢酣的快節奏；小提琴、手風琴、斑鳩琴及黑管，組成溫暖而歡愉的曲調；是他今晚最喜歡的音樂團體。

　　回到PUB，樂團似乎已經進行一段時間；他終於有機會靜靜聆賞他們的音樂。就像之前在Noir家看的MTV，幽黯萎靡同時又唯美的死亡氣息。主唱的聲音相當有潛力，頗有大將之風；他的服裝很有趣，像一位初次來到大城市的鄉巴佬，不知道是故意呢？還是無意？身為前衛音樂的主唱，他土氣的樣子，反襯了一種奇妙的張力。阿沐閉著眼睛聆聽，隱約幻視到一朵黑色的玫瑰，淌著鮮紅的血。他拿出筆記本，邊聽著音樂一邊信手塗鴉；表演告一段落，他仍繼續畫著；Noir突然在身

後問「在畫什麼？」他回答「畫音樂的感覺。」他向吧檯叫一瓶啤酒給阿沐，然後乾一口酒，就離開去找女友。

　　休息十分鐘後，樂團繼續下一回合的表演；聽了一陣子，發現是重覆上一回合的曲子；於是起身在PUB內隨興走晃。在裡側看見Noir的女友和一位胖女子在聊天，他上前和她招呼並坐下來；胖女子興致盎然地說著，女友興致盎然地聽著；坐了十幾分鐘，她們仍保持一樣的狀態；他起身再往裡側走。步下五級階梯，進入另一空間，是歡暢的電子音樂舞場；他下去跳一陣子，然後回到兩位女子的桌子，她們仍維持一樣的狀態，連姿勢也一模一樣。又回到原先吧檯的座位聽Noir的樂團；手上的啤酒慢慢喝著；身旁來了兩位女孩，他感應到並非尋常；拿起酒瓶轉身，旁邊的女孩竟然與他同時同一個動作；他們笑著乾了酒，然後兩人又同時回身，看著各自的前方笑著；他一直保持同一姿勢，沒有任何動作；女孩離開，回到原來的座位；她們和一群朋友坐在一條長桌上。他離開座位，又跑去跳電音；經過兩女子的座位，狀態仍是未變。跳了滿身汗，回到兩女子的座位喝酒；坐了十幾分鐘後，他突然冒出強烈的好奇心，想摸摸她們兩人的身體，確認是不是真實的人？還是這世界真的如電影般，已經有生化人出來走動了？

　　樂團告一段落之後，又有第三回合；Noir說如果覺得無

聊，阿沐先到別的地方走走，再回來；他確實有此意，但他更想回家睡覺；覺得今天晚上夠了。他拿出筆記本將晚上畫的音樂素描，簽上名字日期然後撕下來，送給那位來乾酒的女孩；她燦爛地笑著，回送一個飛吻讓他帶走。

101

在Violet的宿舍待第二天，他說學校的考試結束了，可以一起去旅行遊玩，但必須先回老家一趟。他向老媽借了一輛休旅車，要搬宿舍的東西回家；竟然是將房內的東西全部清光；這時阿沐才瞭解Violet開始放暑假了。兩人花了半天的時間，將宿舍的東西歸類集中，硬塞進空間不大的車廂內；連他的腳踏車也分解成散狀，一併擠進去。Violet的老家在EVRY，離巴黎不遠的南方小鎮；他曾匆匆從邊緣掃過，印象很淺。在高速公路開了三個多小時，沿途居多是田園風景。彎進很多花草樹木的怡人社區，在一戶很典型的美好住宅屋前停住；Violet用搖控器開啓車庫捲門，倒車進入。媽媽出來，Violet和她吻頰行禮；阿沐和媽媽握手，Violet在旁愉悅地介紹；然後兩人開始忙碌的將車內雜多的物品卸出。爸爸也出來幫忙，Violet也向彼此介紹，阿沐和他握手；他的氣息很木訥，臉情帶一點冷酷。東西陸續分置地下室的倉庫及Violet的房間內；他的腳踏車組裝起來，停

放在繁花綻放，綠草如茵的院子裡。

院子裡有兩位少男及一位少女，Violet一一介紹。其中一位個子比他高，比他壯的少男Gris，Violet說是他的弟弟；阿沐心裡一驚；在BLOIS城的宿舍Violet曾說「我家只有一個小孩，氣氛很和平。」又來一位體格頗壯的少男Tom，背著一具非洲鼓；大夥圍坐在院子的草坪上聊天，曬太陽；女孩躺在組合式的吊床上。Violet說Tom的鼓敲得很棒，他靦腆的笑一下，就敲了起來。大家很輕鬆地聊著，把鼓聲當背景音樂；阿沐突然吹起口琴與鼓聲合奏。媽媽從旁邊經過，在院子裡的花叢中摘採一種葉子，像是準備當晚餐的食材。他和一群差距20歲的法國少年，融洽歡愉地在陽光綠草的院子裡；待會兒將和Violet的一家人在屋外的餐桌，吃浪漫的晚餐；晚上將睡在傳統法國家庭的溫暖房間；這種難以言喻的甜美心理，他透過口琴幽幽地傳達出來。

Violet的媽媽烤了牛肉派，在院子裡摘一些斑紫的茱葉做沙拉，配上棍子麵包成為今天的晚餐。聽說爸爸愛好紅酒，在地下室典藏了一批上品；他為阿沐倒上一杯92年份。他在餐桌上看著一家人邊吃邊說話；一家人不因為有一位外國客人的存在，而調整常年規律的節奏、習性和態度，自然得彷彿他也是家中的一分子，或是看不見的隱形人。爸爸表面木訥冷酷，卻

是一位溫和敦厚的男人，給予家人的愛都是不經意的小動作；媽媽熱情善感，對孩子很重視語言的溝通，有辦法讓兩位男孩子樂於幫媽媽分擔很多家務事；Violet遺傳媽媽的熱情善感，自我重要感特強，不能容忍身邊的人忽視他的存在；Gris承襲爸爸的溫和敦厚，對自我的認同處於混沌狀態，很重視家人及朋友的感情。

　　他在Violet的家庭待四天四夜；發現爸爸的冷酷是針對Violet而來，他要以冷酷的對待，懲罰Violet；可能Violet過去曾嚴重傷害他的心。他曾多次努力要改善與爸爸的關係，父親總是冷漠以待。有一天是爸爸的生日，Violet特地上街愼選禮物，卻遭到回絕；媽媽當場哭泣起來。Violet和弟弟Gris有深邃的矛盾情結；他愛弟弟同時又不希望弟弟存在；因Gris的出現，爸媽的注意力從他身上，轉移到另一人的身上；爸媽對他的愛被Gris剝奪掉一半，甚至因Gris的因素而受到爸媽的斥責。在這樣的成長背景，培養了他自我重要感特強的性格；也成了他人際關係中一把銳利的刀，傷害自己也傷害別人。Violet的體格與家人相較，顯得特別瘦小；前胸後背及臉部佈滿膿瘡；阿沐告訴他「你的身體裡面有旺盛的火，火的能源來自你的頭腦。」這句話明示他的身體狀態，同時暗示他的心理狀態。

102

Violet有一輛性能相當好的越野腳踏車，但因無後座可裝載行李，遂拆卸媽媽的腳踏車以克難的方式，組裝在他那高級的越野車上；大大的登山背包綁上去，左搖右晃的。Violet多帶兩件寬大的塑膠布，除了當作晚上露宿鋪地之用，還拿來包紮腳踏車，上高速火車；高速火車拒絕運載腳踏車，所以他們必須將車輪拆卸，想辦法縮小面積，然後包紮成一具包裹的樣子。兩人在人潮熙攘的車站大廳的角落，進行這項工作；因時間緊促，又缺乏有效的工具，因此包得極為難看，並且偽裝得很失敗；但也顧不得顏面，邊拖邊跑趕進月台，抬入火車廂內。

火車置放大型行李的區位，寬約120公分，深100公分；不得不將行李架的活動隔層卸下，讓腳踏車像一隻馬仰天長嘯般地置入，然後用繩子固定於行李架的鐵桿。這種違規的作法，讓Violet有點焦慮；每當查票員經過，他就尾隨在後，探察是否有異狀；兩次過後沒問題，他才鬆下一口氣。他們在車內吃晚餐，也睡了一陣，大部分是安靜地坐著，看看窗外流動的風景。坐六個小時後，在一處靠海的小鎮下車，已是寒涼的深夜；天空飄下毛毛細雨。他們在空無一人的露天月台上，拆卸腳踏車的塑膠布，將車輪組裝起來。阿沐發現包紮的塑膠布，

沾染了許多黏稠的流質物；掀開塑膠布，看見食物背包的狀況
更為慘重；仔細辨識「慘了！是蜂蜜的罐子沒蓋緊。」食物背
包固定在車身後座，於火車內仰天豎立時，流瀉出來的。真是
難堪的境遇啊！身為他最眷愛的芬芳美食，竟成了麻煩的污染
源。

103

　　現場沒有大量的水，可以清理這甜蜜的污染，只能暫時假
裝沒這回事。車輪按裝妥善後，他跟在Violet的車後前行；路上
寒風冷雨。他們使勁地爬行一條斜坡道，路經一棟民宅；Violet
發現2樓陽台有一位女子，仰頭向她喊「海邊在那裡？」女子伸
手指出一個方向；他朝著指示前行。阿沐跟在後頭，心裡不解
「這個時候，這種天氣，去海邊？」也許Violet有他無法理解的
浪漫想法？他默默跟著。騎了近半小時，仍未看到海，路旁盡
是綠野叢林；他回頭一臉茫然，向阿沐說「你是長輩，就像我
的父親一樣，你來決定這時候應該怎麼辦？」他果斷地請Violet
跟他走入一條叢林小徑，在一處地勢平坦的草叢，停下紮營。
細雨仍繼續下著；他們將兩塊超大面積的塑膠布攤開，一塊鋪
地面，一塊繫上繩子綁在四方的樹幹；兩人迅速將行李裝備丟
進克難式的帳篷；他簡單地向周圍幾棵樹招呼，即躲入帳內。

打開瓦斯爐，煮一大杯熱巧克力，驅寒熱補。Violet似乎被眼前的狀況嚇到了，安靜地默默無語；他夢想的陽光海岸，竟是如此的慘風淒雨。

醒來的早晨是耀眼的陽光，讓人喜悅地忘記昨晚的慘狀。他跟Violet無意中騎下山谷密林，發現一道清澈的小溪流；他們下車取出牙刷毛巾，步下溪床盥洗；阿沐當然不會錯過，清洗那罐蜂蜜惹禍的食物背包，及裡面的瓶瓶罐罐。騎出山谷，繼續往大海的方向前進。Violet似乎又走偏了，辛苦騎半天仍未看到海；終於看見往海邊的指標時，他反而不想轉進去；他翻開地圖指出一個點，告訴阿沐要到這個地方。他們加快節奏騎一個多小時，到了Violet想到的海邊；他停留不到10分鐘，即轉頭繼續往前騎；阿沐還沒來得及問為什麼，他已騎到遠遠的前端；只能再使勁地追他揚起的後塵。終於看到了沙灘廣闊無痕的美麗海岸。海面上幾位衝浪者，手握著高空風箏，急速地奔馳著；有時強風揚起風箏的勁力，竟然可以將人拉離海面數尺，衝浪者趁機懸空翻轉，仿如空中飛人的特技表演；視覺相當撼人。他被這景象吸住，雙眼怔怔地看著。Violet似乎不感興趣仍繼續往前騎；竟騎到一處看不到大海的綠野荒地；最後決定停在一條小徑旁的一棵樹下；小徑旁的另一邊，是一排民宅的鐵絲網圍籬。阿沐很失望，心情不悅；Violet感應到這不悅的

氣息，假借打電話回家報平安的機會躲開。

　　口口聲聲說要看大海，看到大海馬上又背向大海；他不明白其中的曲折是什麼？或Violet心目中有所謂的理想海岸？千辛萬苦騎一整天，竟是要在這樣侷促的地方休閒；他覺得Violet是六神無主，又身體疲累，才粗糙做這樣的決定。他拿出棍子來啃，又拿蘋果來吃，走入小徑，邊吃邊逛逛；發現遠處有一塊美麗的湖泊森林；Violet回來後，阿沐指給他看；他馬上點頭，收拾東西即轉往森林湖泊。

104

　　通過住宅社區的巷弄，到深處轉進泥石小徑，來到湖泊；騎一段不遠的路，發現一處凹陷的空地，四四方方的草地，像似規劃讓露營專用；二話不說，馬上卸下行李裝備。小徑前方有一群人在釣魚烤肉，傳出吱吱喳喳的人聲。湖邊是矮樹叢的森林，他和Violet進入森林撿乾柴，準備升起營火；在森林裡面常常要彎著腰走動；矮樹的枝幹附生一種像藻類的菌體，因乾枯而顯出灰灰的斑駁；枝幹極為乾脆，輕折即斷，毫不費力。他們輕易地收集一堆乾柴；升起營火不久，來了三位小朋友；是那群釣魚烤肉的小孩。阿沐問他們名字，也說自己的名字；小孩像看著外星人的鮮奇眼光看著他；他想到拿出口簧來跟他

們玩，小朋友更是驚奇地跑回去向大人們大聲嚷嚷。沒多久一位男子拿一些烤香腸、雞排及麵包，過來敦親睦鄰；臨別前，大方地貢獻一籃子的魚獲；他覺得不需要那麼多，挑了五條小魚，鞠躬致謝。

105

在湖泊森林舒服地待兩天後，繼續騎往下一個海邊。連續三天，從一個海岸到一個海邊；再從另一個海邊到另一個海岸；每個地方停留不到30分鐘，每天疲於奔命地趕路趕路；像在拚業績的巡海官員。Violet腳踏車的裝備重量，少他一半，當然可以遠遠地在他前方。他不時會轉頭關心阿沐的狀況，用手勢問「還好嗎？」初期他會客氣地表示「還好！」到了後期，他不能再假裝了；一臉怨氣，悶著不回應；Violet接收到這樣的訊息，更加深他的挫折感，脾氣愈來愈大。到了第五天，阿沐覺得自己對這場災難的忍受極限，已經到底了；在一處將要離去的海灘上，他向Violet表明，要一個人單獨旅行；他客氣婉轉地請阿沐再陪他一天；心想已經苦了五天，不差再這麼一天。

從家裡出發到巴黎火車站，再到靠海的小鎮這段過程，Violet的心情雀躍而顯得特別熱心公益；常常協助需要幫忙搬重物的行人；在火車上遇見行李比較笨重的旅客，他會主動助一

臂之力。後來阿沐發現，這並非興奮情緒的使然；Violet是真心
喜歡幫助人，照顧別人的；包括在旅行當中，他一直想照顧阿
沐。Violet希望身邊的人需要他，重視他；所以這趟西部海岸的
旅行，一直切切地扮演主導的地位。然而他和阿沐一樣，首次
騎腳踏車旅行，對西部海岸的路線及路況，也和阿沐一樣完全
無知。他過去的旅行旅途，常常是憑直覺在前進，憑直覺在化
解問題；Violet卻過度依賴資訊，當資訊不足時，就挫敗連連；
阿沐只能默默跟在後面，如果主動上前幫忙，卻加重他的挫敗
感，折損他的存在感。阿沐覺得自己像一位牧童，被一隻迷途
的羔羊牽著走。

106

突然下雨，他們趕緊離開海灘，找一處可以搭雨篷過夜的
地點；最後決定在路邊的小公園裡面。雨下得更大，風也更強
勁，他們拉起的塑膠布，禁不起狂風的掃蕩，嘗試數次連連失
敗；兩人的雨帽被風掀開，頭髮淋濕透入全身，也無暇顧及。
他覺得即使勉強將雨篷搭起，仍無法擋住狂風豪雨；於是告訴
Violet必須改變方法擋雨，但他聽不懂他的解說；他快速地用動
作做示範，Violet說他也是這麼想；既然有共識，兩人馬上拆解
綁在樹幹的繩子；將塑膠布直接平蓋在行李裝備及平躺的身體

上；將登山背包置放在頭頂後方，撐開呼吸的空間。至此才平息一場紛亂。

過沒多久，狂風豪雨突然終止；彷彿一朵厚重的黑雲，已經飄到別處。他趁機起身，打開瓦斯爐，煮熱巧克力驅寒補熱；兩人你一口我一口輪流喝著，一邊輕鬆聊天；Violet莫名地譏笑他的英文語病，他悶著不再說話；一會兒，他關心地問「還好嗎？」阿沐趁機反譏他，不斷問「還好嗎？還好嗎？還好嗎？」令人厭煩；兩人不再說話，各自就寢入眠。為防範半夜再下雨，塑膠布仍蓋著全身及裝備。

上午醒來，太陽高照；他取出昨晚淋濕的裝備及睡袋，鋪在公共桌椅上曬太陽。Violet仍在睡眠，他安靜地做該做的事情，一項一項的慢慢收拾器具。發現充氣睡墊怎麼無故消氣了，不明白也不多想，即捲折起來；捲到2/3處發現竟被燒灼一個黑洞；楞了一下，嘆一口氣，心想就剩今天了。Violet起床也開始收拾東西；阿沐當作什麼事也沒發生，態度平常。Violet顯得特別客氣，關心那個關心這個，態度輕鬆。發現腳踏車後輪沒氣了，他又嘆一口氣，默默做補胎工作；檢查了兩遍，竟找不到破洞：「那麼，只是單純被漏氣而已！」阿沐再次鼓勵自己「只剩今天，明天各走各路」。

107

　　他們繼續往下一個海岸前進。綠野的公路上，一家專賣名產給觀光客的店，Violet 忽然停在店口，說要送一個禮物給他；他心軟了：「好吧！就當作真的什麼事情都沒發生！」阿沐接受他的禮物，他的心情因此顯得愉悅輕盈起來；看到 Violet 恢復快樂的樣子，他的心情也被感染了，同時暗慶寬容的正確性。一路上，車速和心情一樣奔放，Violet 依然偶爾回頭關心他的狀況；這時換他主動用手勢問候「還好嗎？」Violet 會心一笑。這讓他清楚地領悟到，同樣一件事，心境態度的轉換，對事情的結果竟是這麼懸殊。

　　一條長長陡陡的爬坡路，兩人氣喘吁吁地奮鬥著；上到坡頂，Violet 停在路邊一座觀光地圖展示板，查看路線；阿沐問他「以前來過嗎？」他搖頭，確定目標後隨即快速地往前奔；他在後頭緊追，同時心裡祝福 Violet，這一次能找到他心中的理想海岸。經過幾處住宅社區；在星形路口的中央圓環，Violet 異常興奮地繞著圓環轉啊轉；他想「終於被他找到了」；雖然還沒看到海，但 Violet 已經聞到理想海岸的氣味了。

108

這是一處被陸地圍圈起來的海，西方有一個隘口與外海連接；看起來像一座超級大湖泊；海湖中央有兩座小島，島上及環海的岸邊，盡是翠綠的樹林或白沙灘。他和Violet到達的港，名叫Arradon；海岸有數不盡的小帆船及小艇；臨水的岸邊，有一棟典雅的建築，是風帆俱樂部的餐館；馬路邊有兩家出租船艇的店面，及服務遊客的公共浴室及公廁。Violet不知道怎麼搭訕遊說服務中心的一位職員，讓阿沐在非開放時間，進入浴室免費洗一個大澡。他洗完澡出來，看見Violet在一棟房子下方的沙灘上，悠閒地打鼓。他走過去，輕盈的腳步讓他覺得洗完澡後，像汰換一層細薄的皮膚。Violet說房子旁邊的小徑，走進去有一處很棒的隱蔽海灘。

小徑旁的房子，建在臨海壘起的礁岩上；小徑另一邊是地勢更高，植物生態豐富的礁岩山；山頂矗立一棟高級別墅。他們走一段淺短的小徑，下坡到海灘，是一處礁岩山的凹處；因房屋建築的隔絕，在這裡欣賞美景，視線不會受出入的遊客干擾。在沙灘鋪上雨衣布，拿出麵包、乳酪、蛋餅、蜂蜜、蘋果、原味優格；夕陽斜照在甜美的食物，及兩人的靜謐臉龐；連續數天的辛勞及情緒的翻滾波折，最終就是要在這一處角

落，得到汩汩安詳的慰藉。填飽肚子，他起身攜著口琴在沙灘上走著；盡頭處轉彎，進入一個礁岩拱洞；一處半封閉的淺灘岸礁，四周峭壁圍成一個C形空間；年輕的女子單獨坐在一隅，拿著紙本像在書寫心情筆記；他唯恐打擾，輕瞥一眼即悄悄離去。退回沙灘上，看見Violet坐在一塊礁岩上望海；他蹲坐於細白的沙灘，面向海，和Violet同一個視角吹起口琴。

109

他發現天空不遠處，有一朵明顯的黑雲，指給Violet瞧；他馬上急呼，趕快取出塑膠布將行李裝備蓋住；不到30秒時刻，果然傾盆大雨；另一塊塑膠布即時攤開，兩人4隻手臂迅速撐起擋雨。一對情侶從沙灘另一端落荒逃過來，臉上帶著好玩的笑容；Violet叫他們進來躲雨，卻被婉拒。三分鐘後，大雨瞬間停止；他抬頭望著那朵調皮的黑雲，飄到別處嚇別人。這深刻的經歷，讓兩人擔心晚上睡覺時會再發生，遂必須事先防備。他們覬覦小徑旁房屋的院子；房子外觀看起來像似幾個月沒人回來住過；兩片合起的木柵門，用一條鐵鏈鎖住，前後岔開的縫隙，可讓瘦身骨的人輕易鑽入；於是兩位瘦身骨鑽入了。

院子面海的一端，屋主種著一排矮樹，身體穿過樹幹往下望，是沙灘；遇到漲潮時，是海水。兩人在無干擾無破壞的原

則下，無畏地享用這得天獨厚的好空間。在院子裡搭起雨篷；寢具裝備一切就緒後，他煮起熱巧克力，這次加上鮮奶，味道顯得更濃郁香醇。Violet笑著說「喜歡吃棍子麵包、吃乳酪、喝紅酒、又熱愛熱巧克力，你比一般法國人還要法國。」阿沐笑著回答「很久很久以前，我是法國人呀！」他們聽著清晰的海潮聲，過了一晚舒服的夜。隔天早晨，又煮一回合熱巧克力牛奶；吃完早餐後，租一艘小船在海上晃了一陣回來，兩人即慢慢地收拾行李裝備。Violet說回家後，他的暑假就是辛苦的打工。他把父親送的小口琴，轉送給阿沐；他覺得阿沐常常拿它來吹奏，而自己卻對它沒有感覺。他確實很喜歡Violet的口琴，輕盈小巧而聲響卻比自己的大型口琴還清亮；但覺得不應該收父親送給他的禮物。Violet執意堅持，阿沐怯怯收下珍惜。

110

他恢復了單身旅行。離開Arradon港，順勢騎到鄰近的大城VANNES看看。一座充滿渡假氣息的城市；渡假的街道、渡假的人潮、渡假的衣著、渡假的笑容；連路邊的垃圾桶、路燈、消防栓，也是一副渡假的姿態。一位年輕女子吸住他的目光；衣服髒髒舊舊的，步伐輕盈地在人行道上；後面緊跟著四條體型各異的狗，很有秩序地形成縱列行進；像城市街道的巡邏憲

兵。他在城市裡逛了一圈，在另一條街上，看見她蹲坐在街角，伸手行乞；身體姿勢穩穩凝定，眼神空洞，宛如一尊千年不動的石雕。她的氣質及作風，不像吉普賽人；像一位特異獨行的流浪者。但阿沐首次見到年紀這麼輕，而且又是女性的街頭流浪人；在充滿光鮮亮麗的渡假人群裡，她的角色形象是多麼的凸顯，仿若VANNES家喻戶曉的明星。

111

夕陽西下，他坐在港岸邊一張公共座椅吃晚餐；偶爾眼前會飄過一艘歸來的遊艇；吹來的微風帶一點寒意；很難想像法國去年夏天的熱浪，會是怎樣的景況？這個城市沒有他適合過夜的地方；一處森林公園，要爬陡陡的階梯；若要睡那個公園，勢必要扛腳踏車及行李上去；覺得自己沒有蠻力做這種事；因此飽餐之後，即騎往郊外。一處休耕多年的田野，發現一座簡陋的農舍；幾根木頭撐起鐵皮屋頂，裡面堆放生鏽的機械農具、一堆劈成均等的短木柴、一輛沒有車頭的農車；農車內疊放著鐵皮浪板。他覺得可以睡在農車的浪板上，雖然浪板凹凸不平，心想充氣睡墊的彈性，可以平衡凹凸感。天色漸漸暗了，他加快速度將行李裝備丟進農車內；鋪起睡墊的當時，忽然發現眼前一頭大乳牛，透過圍籬怔怔地看著他；仔細一

瞧，竟不只一隻，明瞭圍籬的另一邊是牧場；他向眼前的乳牛
道晚安，告訴牠今天想在這裡打擾一晚；牠似乎沒什麼意見；
阿沐即繼續打理睡寢器具。

睡至半夜，發覺有條狀的東西在睡袋上肚皮的位置蠕動；
心裡馬上想到的是蛇。農車旁，堆放一大堆乾柴木頭，而這地
方像似荒廢很久了，在休耕的荒野裡有蛇，是很合理的；但他
常常睡森林，卻是第一次碰到蛇，並且爬到身上來。他神定氣
閒地用手捉著睡袋的領口，抖動幾下，請牠離開；那情況像枕
邊人，一隻腳跨到肚皮上，「嘿！請你的腳離開！」然後繼續
進入夢鄉。他回想起那一夜，對自己的鎮定反應，感到不可思
議；他一向最怕蛇的，遠遠看到就毛骨悚然；然而當蛇爬到身
上時，竟是「嘿！走開！」然後繼續睡覺；不是驚慌地跳起
來，整晚提心吊膽。人的頭腦意識似乎有多層的統馭者；當某
一時刻，為某統馭者主控時，其他層的意識就退到幕後，聽其
指揮；即使某一層意識輕輕地告訴主控者「蛇很可怕吧──」
他卻嚴肅地訓斥「閉嘴！沒你的事。」

112

鐵皮浪板的凹凸感，比想像中不舒服許多；但還是飽睡了
一夜，早晨還賴床不太願意爬起；這情況像過去某一天，他在

朋友家煮了一鍋難吃的火鍋，大夥也都說難吃，但還是吃得精光。不知道為什麼，他沒有往南方騎，而是往東方一個叫RENNES城前進；是因為這個城離他比較近呢？還是想遠離海洋的氣味？他並不清楚；也許是翻開地圖，看到RENNES這個字比較順眼，也說不定。這一段路，他經過很多山，因此前進的速度緩慢許多；有時不小心騎進窮鄉僻壤的鄉下小路，騎著騎著竟騎入田埂裡；他在漫漫田野中，要想辦法再騎回公路上。有一段公路，上上下下起伏很規律；一公里上坡一公里下坡；一公里上坡又一公里下坡；這樣反反覆覆很多遍，有點折磨難耐。忽然冒出一個念頭，想做一個實驗：如果這個世界是虛幻的，眼前的一切是虛幻的；湯匙不是湯匙，天空不是天空，上坡不是上坡，下坡不是下坡；然後不管上坡路，或下坡路，雙腳踏板維持固定的踏速節奏；以堅強的意志告訴自己，這個世界是虛幻的；那麼上坡路，應該和下坡路一樣輕鬆愉悅。然而並沒有成功。

　　鄉間的麥田，各區域的狀態有明顯的差異；有些是綠油油的青麥草、有些是斑黃的麥穗、有些是整株金黃、有些已經收割結束。收割的麥田將乾燥的黃麥草，捲成一陀一陀的巨輪，不規則地散落在麥田的平原上，幅員遼闊的地景，相當美麗撼人。覺得任何事物的發展，純粹到極致，自然會顯出美麗的光

芒；即使平凡如麥草、收割的麥田。有一天的夜裡，往
RENNES城的路上，他睡進了這美麗的地景裡面。他選一畝面
積較小，盡頭邊緣是綠林的收割麥田；牽著腳踏車走在乾硬顛
簸的泥地；星光拂照的景色，灰灰霧霧的，像遙不可及又像伸
手可及。他躲在最裡側一陀巨輪的後面，旁邊是渠溝和樹林；
巨輪的面積可遮掩一輛腳踏車，及他平躺的身姿，即使大白天
有人路過，也不覺有異。將寢具鋪妥之後，他打開瓦斯爐，煮
一杯熱巧克力牛奶；在冰涼的空氣中，喝得全身暖暖的。鑽入
睡袋平躺，天上的繁星非常閃亮；看著大大小小的星座，他只
認識大熊，其他一概不瞭。心裡忽然覺得，他在法國結下太多
情緣了，人、森林、河流、農田、建築，處處都那麼深刻；深
刻到害怕自己離開後，沒機會再來。再過6天，他的簽證期限就
到底了；原本想賴到被驅逐出境，然後永不再入境的想法，被
推翻了。他冒起強烈的急迫感：必須趕快回巴黎，然後遵守離
境時間，離開法國；「我要再回來，一定要再回來。」

離開台灣

113

他出生在台灣，生長在台灣，僅僅2次的離開台灣是公司的年度旅遊，6天規格化的觀光活動。即便離開是如此短暫，跟團旅遊有些不自在，他的身體和靈魂仍是活蹦亂跳的。他待在這塊四面環海的島已經38年了；近年他得到一份好工作，身體健康毫無病痛，生活的美好讓他臻於無所求。人是樂於在安全穩定的環境生活；有熟悉的人，熟悉的事物，朝朝夕夕在周圍環繞。然而，他總覺得遠處有一個地方，有一些人在召喚他的靈魂；不時從內心底層泌出催動的訊息，卻受制於身體頭腦貪圖安逸的監禁桎梏。

114

那一年他決定閉關一年；礙於現實問題他仍必須靠工作的收入營生，因此採行一種權宜的「隱性閉關」；暫時切斷所有人際關係：沒有朋友，沒有家人，沒有情人；除了工作關係，儘可能保持「一個人」的狀態。他故意不繳電費及電話費，讓他們自動切斷屋內所有電器設備；刻意不查看信箱，讓他與外面連繫的最後一條線也跟著斷絕。這樣的作為，事先全部告知所有親密來往的朋友及家人，然後毫無掛念地享受孤獨的生

活。

　　隱性閉關意指外表和一般人無異；他照常上班工作、吃路邊攤、看電影；不知情的人不知道他的狀態。宣告閉關這件事，有些朋友並不認同，覺得太矯作；但這個形式幫助他挪出最多的時間和最多的心力，去探索困擾他多年的問題：人格分裂。雖然閉關之前，他從榮格所著作的《人及其象徵》的書裡，得知每個人的身體的裡面都有一個古老的靈魂；男人裡面有一位女靈；女人裡面有一位男靈。書內的知識大大地緩解他的困惑，但他想更進一步通盤瞭解所有細節；因此從人體最小的細胞，到各個器官，到各個系統運作的原理及相互關係；再到人類的演化、地球的演變、生命的初始等等；翻遍台北市各大圖書館相關書籍及影像紀錄片。這一年生命科學的「唯物論」繞了一圈。然而令他洩氣的是，在科學這麼昌明的時代，竟然還有許多生命現象仍未解謎。

　　結束閉關後，他漸進地恢復過往的人際關係。閉關一年在知識面上，雖然未得欲求的答案，卻在精神層面得到一個重要的結論：他註定要孤獨一輩子。他還不明確為什麼會有這樣一個答案，然而他是那麼坦懷欣然接受這個事實。當時他對孤獨一輩子有合情合理的解讀：「無法擁有任何人，但可以被任何人擁有」。沒多久他去醫院動了結紮手術，了斷自己後代的可能

性：為了要順利執行手術，他向醫生謊稱近年結交的女友已經
有兩位小孩，自己的經濟能力不許再添一位。諷刺的是醫生竟
然為這謊言感動；這令他愧疚得不知所措。

115

一位認識很久但不太熟識的朋友，在他出關之後，因緣際
會有比較密切的來往。某一天，這位朋友莫名地拿一本書借他
看；初始他隨意地翻閱一頁短句，是冷硬的說教言論；他並不
期待會有興趣把它看完，但是朋友的善意，又覺得不應該這麼
粗糙的對待。之後他認真地從頭看一遍；當他深入兩三頁後，
字裡行間字字句句對他竟是那麼震撼；他渾身景仰地拜讀至最
後一頁最後一字。多年的迷惑不解，閉關一年探索未果的答
案，竟然全部出現在這本書上；彷彿這本書是為他而寫的。看
完這本書後，他的腳步顯得踏實許多，好像迷茫的路途上，突
然確知了方向。

116

杜鵑是他出關後，理所當然會連繫的重要人物之一；他對
這位朋友有一種深深的疼惜，尤其他得知一年前她遭遇的災
難；尤其他明瞭她半隱半顯的深情愛意；尤其他清楚她過去不

順遂的感情生活；突然，他內心湧出要好好愛杜鵑的強烈使命感。過去，杜鵑的爽朗、杜鵑的愛，像太陽般地照耀身邊的人；然而近年連續發生數件惡運的事情，她的太陽因此縮進了黑雲裡；這令他更加惋惜。他不確定自己是否有能力，他想用他的愛來治療她；然而他的技巧是笨拙的，而且無法跳脫自私的習性，整個過程一再出現不良的狀況，最後不得不敗逃。意外地，這過程杜鵑促成一件對他很重要的事情：去法國旅行。這本來是杜鵑提出要一起去的，後來他們鬧翻了，變成他一個人去。

他一直覺得和法國有難以言說的緣分；極愛法國電影、覺得法語很悅耳、在台北認識的外國朋友，法國人占絕對多數、他的老闆及多位同事都是留學法國多年。辭掉工作，去法國之前，他在一處禪修中心學習打坐；打坐的過程竟然看見自己的前世就是法國人。這讓他興起一個新奇的旅行方式：切斷母語（不看、不說、不聽、不寫、甚至不想）在法國生活。這對他是嚴苛的挑戰；他不懂法語，英語能力又極糟，等於把自己丟在危險的境地；他想這樣是不是有可能把古老的記憶逼出來；如果他真的曾經是法國人。

117

學習打坐的禪修中心是一處行事低調的機構；然而不可思議的，它的分處竟遍佈世界各地。傳授的法門源自佛陀的「內觀法」。禪修中心的空間，刻意性將宗教的色彩降至最低，亦看不見任何宗教性的符號和器具；環境清幽雅致，頗受中產階級人士神往。紀律的戒持完全由修行人自律自持；其中一項「神聖靜默」的戒律，讓整個環境達到一種特殊純淨的氛圍。這也是一種閉關行為，但它是集體閉關。在禪修中心閉關的過程，讓他的身體首次具體鮮明地經驗到許多超自然現象，也驗證了過去閱讀神祕學書籍的知識；這令他振奮不已。這個打坐的方法，後來也成為他在法國旅行當中，很重要的生活作息之一；也是他和法國這塊土地，溝通連繫的管道之一。

118

前往法國這件事，初始他想以交換公寓的方式在當地居留；一則可節省經費，二則較能接觸法國民間底層，三則台北的房子空三個月覺得浪費。因為缺乏資源，又因散漫的習性，這項主意一直處於停滯狀態。然而他的潛意識裡，正默默地進行另一項計劃；當這潛意識浮出表面的時候，似乎顯得有點驚

世駭俗。他想切斷母語在法國生活；刻意不計劃，把旅程交給未知；時間可能是三個月，也可能是半年、三年、十年；除非提早歸來，半年內不會有任何音訊回台灣。因此，交換公寓的主意，變成結束台北房子，清理所有的財產：收藏珍愛十多年的音樂CD、書籍、過去的畫作、改造過的大提琴、親手製作的傢俱，及浪漫的心所延伸的種種物質；過去十多年，他一直貪戀物質的美好，累積成龐大的包袱。離開台灣前，他在台北的房子開辦拍賣Party，告別好友，順便告別所有美好的物質。

告別Party的前一天，二妹山櫻說要帶兒子來台北玩，順便可以幫他弄菜招待客人。兩位姪子在他的屋內蹦蹦跳跳鬧翻了之後，終於沉寂入眠。山櫻似乎想談心事，示意進房間的沙發坐坐；毫無預警的，山櫻突然投懷緊抱著他痛哭；他錯愕不解原因為何？當她激動的情緒釋放結束後，她說現在的家庭情況很好；山櫻從結婚不久即風風雨雨連續數年，確實令他掛心；他也常常扮演心理輔導和家庭調解的角色。山櫻繼續說，她已經懂得如何經營家庭；他看她語氣這麼篤定，也就真的放下了心。他藉此機會將他為什麼去法國、為什麼要做這樣的選擇、及近年的狀態，用簡單言語向她表達。山櫻是唯一能理解同時體諒他與社會脫節的家人；但她的內心還是有一絲期待，有一天哥哥會變得比較正常。告別離開前，山櫻塞一個紅包給他；

裡面除了一些鈔票，還有一張全家福的照片；仔細一看，獨缺他一個人；忽想起，這是去年過年初二，妹妹回娘家團聚時的照片；因為他是攝影者，所以不在照片裡面。山櫻在照片背面寫著「請不要忘記照片裡的家人，我下輩子還是要當你的妹妹」。

119

告別Party結束後，他在台北朋友經營的PUB演奏大提琴，算是對台灣的一種浪漫道別。弔詭的是，來這家PUB居多是外國人，事後覺得怪怪的，但也不想那麼多；只是一個形式罷了。之後，台中一家PUB，許多音樂人輪番演出的Party，因緣際會他也跟著湊合。他總覺得自己的音樂太極限主義了，太沒有娛樂價值；然而這次的獨奏演出，大感意外，他的音樂似乎震動了不少人；下台後不時有人主動前來回應，而他總是紅著臉不知所云。一位自稱白蘭的陌生女子，表達合作的可能性，他欣然答應；於是她安排他與一位小提琴手合奏；結束之後，她又表示希望進一步做音樂紀錄，他說任其擺佈。

錄完音樂的那個晚上，他感應到白蘭內在的波動；然而他是將要遠離的人，什麼時候回來？或會不會回來都不知道；他覺得不應該再招惹情愛。白蘭開車送他去車站的路途，他向她

表明自己的情況。過了數天，白蘭用電話表示希望為他拍紀錄片；他受寵若驚，但自覺也沒有什麼不可以的。見面的那個晚上，他們很自然地擁抱；自此，倆人的身體、倆人的心、倆人的靈魂，高速密集的交流著。第一次做愛，他如預料般地早洩了；褲子還沒脫，精液竟噴洩而出，也染濕了她的衣裙；他極為尷尬無奈，但白蘭慈愛的笑容顯示不在意；令人驚奇地，不到一分鐘的時刻，他那不爭氣的傢伙，竟然又奮勇挺起；於是倆人又繼續著，繼續著，繼續著；像《感官世界》那部電影般，男女主角因做愛而存在。他為自己的持久性和驚人的體力感到詫異；彷彿那個陽具不是他的陽具？那個身體是別人的身體？他忖思著，是不是過去長期對性的焦慮和壓抑，所累積的能量在這個時候傾崩出來？

　　他和白蘭近二個星期，只要有機會見面，就黏在一起做愛。做愛的空檔他們常聊嚴肅的話題；很自然自在的聊，從過去的事件到最近的想法；有時聊著聊著，就恍恍惚惚地睡著；不清楚睡多久又恍恍惚惚地擁吻起來，然後又做了；以此不停的循環循環，除非要上廁所小便，或偶爾去廚房倒一杯水，他們似乎永遠離不了他們的床。有一次他看著白蘭興奮嬌媚的身姿，相對於自己麻木的狀態，心理不太平衡，輕輕向她訴怨「基本上和喜歡的人做愛是愉悅的，但快樂的程度卻不如我一個

人跳舞時候；我的陽具生來好像是為別人服務。」更確切的說法，他的陽具是為別人的需要而興奮；然而這又與事實不符，大部分都是他主動靠近她的身體；一般而言是先有慾念，才有行動；這如泉湧般的慾念來自何處？他現在還疑惑著。

120

白蘭全力以赴將她的愛投注於他身上，似乎連命都可以不要。她的感冒症狀愈來愈惡，仍馬不停蹄地帶他去見某某人，看某某東西；彷彿要將所有她認為重要的人、事、物，全部灌注於他身體裡面。也許白蘭感受到時間的迫切性，他停留台灣的時刻，一分一秒地在她心裡倒數。汽車的方向盤大部分都是白蘭的雙手握著，他安分地坐在旁邊任她帶往四方。他們連續數天睡眠極少，回到家裡兩個身體又情不自禁地交纏成一團。他看情況不妙，害怕白蘭會死掉，提議兩方必須穿衣服睡覺；過不到一小時，白蘭還是把衣服脫了；沒多久他也跟著脫了。有一次，他不自覺地向懷裡的白蘭說「我感受到妳美麗而偉大的愛」；她啜泣起來，說「我找你找很久了。」

白蘭的愛，填平他深藏多年的黑洞。這黑洞似乎會發出腥羶的氣味，易引來一群螞蟻啃咬，因此他必須把洞口緊緊地封住。現在黑洞消失了，他感到前所未有的完整，遂寫信告訴白

蘭「自此，我可以無懼地面對未知的未來」。他和白蘭的身、心、靈三者同時契合的機遇，這輩子可能再也遇不到了；他暗忖白蘭會不會破掉他「注定孤獨一輩子」的命格？白蘭說她這輩子在找一個人，然後和那個人結婚；他依然明白告訴白蘭「我愛妳，但我不是那個人」。無論如何，白蘭對他而言是很重要的人物；這輩子不管努力做什麼，都很難回報她曾經對他的恩寵。

1

清晨6點10分的飛機；他和白蘭必須4點起床。晚上回到台北的居所，已是半夜1點多，洗個澡再整理行李，整個晚上幾乎沒什麼睡，然而他仍是精神奕奕；白蘭顯得特別安靜，面容蒼蒼白白的；心想，離開台灣之後，她終於可以好好的休息養病。往機場的路上換他握汽車的方向盤；在寂靜空盪的高速公路上，倆人靜默無語地看著前方幽幽長長的路途；沒有一絲離愁，沒有一分喜悅，就像眼前乾淨清冷的道路，很純粹地承接一輛汽車的奔馳；認份地接受事實，不想未來。因為有愛，人遠至何處都不是距離；因為有愛，時間多久都不是問題。白蘭曾說「如果想念你的時候，我會跟樹說話。」他說「當我想念妳的時候，妳就在我身邊了。」

後記

　　阿沐不是寫作專家，僅是工作關係寫過幾篇小文章；平常沒寫日記或隨身筆記的習慣；法國這趟旅行，他給自己下了「切斷母語」的規定，因此更不會自找麻煩做文字記錄。法國朋友問：「你會把旅行經歷寫成一本書嗎？」他心虛虛地回答：「不知道，也許吧！」他對寫字是缺乏耐心的，超過一千字的文章，像被扒一層皮似的。然而回到台灣後，身體裡面有個聲音「你要把它寫出來，你要把它寫出來，你要把它寫出來」；吵得他很煩；他告訴祂「我哪有時間寫呀？每天操勞工作累得像牛一般」；然而這聲音，竟串謀主導讓他離開工作；於是無奈地向老闆要兩個月的假，把自己關在幽僻的鄉下，執行這項任務。他到鄉下是貪圖休閒的機會，並不樂觀能寫出什麼東西；他的頭腦記憶一向很糟糕，忘記這忘記那，況且連一張照片的記錄都沒有，除了寄給朋友三封旅行隨想的稀少文字。

　　這本書的完成，除了滿足「出書」的虛榮心之外，過程充滿身不由己。當他洋洋灑灑地寫一大堆文字，心裡正得意著自己的成就時，祂冒出來「你還漏掉一大段！」當他認為是這樣這樣，祂卻說不對，是那樣那樣；當他覺得夠多了，祂說不

行，還要繼續；休息的時候，常常不自覺地揣想著這本書，應該是什麼名字「嗯這個不好，嗯那個太矯情」，祂又冒出「路走到底，就看到招牌了。」

書中內文是作者身體裡面的祂，在說他的故事；每一項細節都是歷歷在目的真實，他無法否認祂所訴說的一切。這讓他感到驚奇不已；人的身體對環境的感知和反應，竟是全面性的；但資料量太龐大了，當下的意識只能選擇比較切身的局部，做解讀；其他大部分的內容，全隱藏在潛意識裡。當潛意識所包藏的東西，一項一項被挖掘出來時，他才明瞭自己，看到什麼？感應到什麼？心裡在想什麼？為什麼會說那句話？為什麼會做那件事情？

文學叢書　104

INK 流浪報告—— 一個台灣旅人的法國行腳

作　　者	阿　沐
總 編 輯	初安民
責任編輯	施淑清
美術編輯	許秋山　張薰方
校　　對	施淑清　阿　沐

發 行 人	張書銘
出　　版	**INK**印刻出版有限公司
	台北縣中和市中正路800號13樓之3
	電話：02-22281626
	傳真：02-22281598
	e-mail:ink.book@msa.hinet.net
法律顧問	林春金律師

總 代 理	成陽出版股份有限公司
	業務部／訂書電話：02-22256562　訂書傳真：02-22258783
	訂書地址：台北縣中和市中正路800號11樓之2
	e-mail：rspubl@sudu.cc
	網址：舒讀網http://www.sudu.cc
	物流部／電話：03-3589000　傳真：03-3581688
	退書地址：桃園市春日路1490號
郵政劃撥	19000691 成陽出版股份有限公司
門市地址	106台北市新生南路三段96-4號1樓
門市電話	02-23631407
印　　刷	海王印刷事業股份有限公司

出版日期	2005年11月 初版

ISBN 986-7420-90-X

定價　220元

Copyright © 2005 by Amour
Published by **INK** Publishing Co., Ltd.
All Rights Reserved
Printed in Taiwan

國家圖書館出版品預行編目資料

流浪報告：
一個台灣旅人的法國行腳
／阿沐 著.-- 初版，
-- 臺北縣中和市：INK印刻，
2005〔民94〕面；　公分（文學叢書；104）
ISBN 986-7420-90-X（平裝）

855　　　　　　　94017971

財團法人│國家文化藝術│基金會 贊助出版